카페 아일랜드에서
'그 사람을 기다립니다'

카페 아일랜드에서 그 사람을 기다립니다

1판 1쇄 발행 | 2018년 6월 29일

지은이 | 조연경
발행인 | 이선우
펴낸곳 | 도서출판 선우미디어
       등록 | 1997. 8. 7 제305-2014-000020
       02643 서울시 동대문구 장한로12길 40, 101동 203호
       ☎ 2272-3351, 3352 팩스: 2272-5540
       sunwoome@hanmail.net
       Printed in Korea ⓒ 2018. 조연경

값 13,000원

이 도서의 국립중앙도서관 출판예정도서목록(CIP)은 서지정보유통지원시스템
홈페이지(http://seoji.nl.go.kr)와 국가자료공동목록시스템(http://www.nl.go.kr/kolisnet)에서
이용하실 수 있습니다.(CIP제어번호: CIP2018020135)

ISBN 978-89-5658-582-6 03810

카페 아일랜드에서

'그 사람을 기다립니다'

：

조연경 옴니버스 희곡

스물한 개의 삶

선우미디어 sunwoomedia

작가의 말

스트레스(stressed)를 반대로 하면 디저트(desserts)란 말이 됩니다.
조금만 시각을 달리하면 삶은 눈부시게 아름답고 우리는 행복해집니다.
카페 '아일랜드'에서 일어나는 마법 같은 일. 스물 하나.

우리는 늘 무엇인가를 기다리며 삽니다.
비가 계속 내리면 햇빛 화사한 날을
외로워서 서성대는 날이면 전화벨 소리를
혼자가 너무 싫어서 TV 볼륨을 높이는 날은 사랑을
오늘이 남루해서 한 발자국도 앞으로 나갈 수 없는 날이면 희망을

오늘 그대가 그토록 기다리는 것을
여기서 만날 수 있습니다.
얼마든지 행복해도 좋은 날

카페 아일랜드에서
'그 사람을 기다립니다'

차례

* 저자의 사전 동의 없이 공연할 수 없습니다.

1

아내라는 이름의 여자

무대_ 작은 카페, 프로방스 분위기

  주인이 앉는 카운터 자리는 미니 서재처럼 꾸며져 있다. 주로 주인인 세
  라가 잡지를 보거나 혼자 커피를 즐기는 장소, 중앙에 테이블 3개 정도.
  한 귀퉁이에 셀프로 마실 수 있는 온갖 커피와 차 그리고 물이 준비되어
  있다. '모든 건 셀프, 그냥 앉아 있다가 가도 돼요.'라고 쓰인 목각판이
  강아지인형의 목에 걸려 있다.

  주인 세라는 대체로 손님들이 드나드는 데 무관심하고 손님들의 이야기
  가 들려도 안 들은 것으로 생각하고 잡지나 책으로 시간을 넘긴다.

  조명_ 오프된 상태에서
  음악_ 나온다, 스탠 바이 유어 맨
  음악_ 점점 사라지고 조명 서서히 들어온다.

카페 여주인 세라, 커피 한 잔 들고 중앙으로 나오며…

세라 제가 카페를 한다고 했을 때 친구들은 하나같이 예언을 했지
요. 곧 망할 거라구!
이유는 간단했어요. 돈 백만 원도 못 세는 애가 장사를?
한결 같이 너 미쳤구나, 하는 표정이었어요.
한마디로 현실감각 제로라는 거지요. (고개 끄덕이며) 그래요
저는 별을 좋아하고, 시를 좋아하고, 어린 왕자를 좋아하고
레이스 달린 모자를 좋아하지요. 하지만 그게 어때서요?
중요한 건 아직 망하지 않고 잘 굴러 간다는 거지요. 이 카페
가. (커피 마시며) 전, 돈 벌기 위해서 카페를 하는 게 아니에
요. (은근히) 저 돈 많아요. 상속녀거든요. 근데 왜 카페를
하냐구요? 돈이나 펑펑 쓰면서 살지. (음악 튼다. 슈베르트의
세레나데) 여기서 사람을 기다려요. 아니, 사람을 지우고 있
어요. 아홉 시에는 그 사람을 기다리고 열 시에는 그 사람을
지워요. (커피 마시며) 저도 잘 몰라요. 오랜 시간이 지나면
그 사람을 만나게 될지, 아니면 영원히 내 마음속에서 지워
질지. 카페라는 곳은 참 멋진 장소예요. 사람을 기다리기에
도, 사람을 지워버리기에도, 딱 알맞은 곳. 그래서 카페를
하기로 한 거예요.

세라, 자기 자리에 앉아서 커피 마시며 잡지 뒤적인다.

들어오는 미나와 지숙, 의자에 앉으며

지숙 (도저히 이해할 수 없는 표정) 아니, 여기서 니 남편을 만난다구?
집 두고 왜?

미나 난 말이다. 내 남편이 저 문을 열고 저벅저벅 나를 향해 걸어
들어 올 때 맘이 막 설레.

지숙 뭐? 강아지가 야옹야옹 짖는다는 말을 들었을 때보다 더 놀
랍다. 설레? 남편 때메?

미나 넌, 니 남편을 볼 때 가슴이 안 뛰니? 물론 매번 뛸 수 없지.
하지만 가끔씩, 가령 샤워를 마치고 청량한 스킨냄새 풍기며
욕실에서 나올 때. 나를 보고 이유 없이 씨익 웃을 때.

지숙 그만! 너, 니 남편을 조지 클루니로 보고 있구나. 어떤 여자
가 그러더라. 남편이 누무 싫어서 매일 남편 얼굴을 바꾸는
최면을 스스로 건다구. 오늘은 조지 클루니, 내일은 브래드
피드, 모레는 좀 젊은 레오나르드 디카프리오….

미나 난, 내 남편 얼굴이 제일 멋져.

지숙 참 희귀동물이다.

미나 누구?

지숙 너희 부부. 그렇게 긴 세월동안 눈에 씌워진 콩깍지가 안 벗
겨지니.

미나 사랑의 힘이지.

지숙 (몸 쓸며) 으으, 너 어디 가서 그런 얘기하지 마. 그럼 둘 중에

하나다. 몰매 맞거나 미친년 취급받거나. 이 나이 되면 전우애로 사는 거야. 이 험난한 세상 견디어 온 전우애.

미나 (생각난 듯) 커피 마시자.

(주문) 여기 커피! (하다가) 참, 여긴 셀프지.

지숙 뭐? 커피가 셀프야?

미나 여긴 모두 셀프야. 계산까지.

지숙 그럼, 저 여잔?

미나 그냥 있어. 때로는 손님처럼, 때로는 주인처럼.

지숙 망하려고 하는 거야?

미나 그러게. 근데 신기해. 망하지 않아.

미나, 커피 탄다. 지숙, 세라를 살펴본다. 세라 두 사람에게 무관심 한 채 잡지 뒤적이고 있다. 미나, 커피 두 잔 들고 와서 앞에 놓는다.

지숙 오늘 니 남편하고 뮤지컬 보러 가기로 했다구?

미나 응. 로미오와 쥴리엣. 사랑 때문에 죽고 사는, 너무도 이쁜 커플….

지숙 넌, 사랑을 믿니?

미나 그럼, 사랑은 유효기간이 있는 우유나 매일 조금씩 없어지는 치약 같은 소모성이 아니야. 늘 그 자리에 변치 않고 있지. 우직한 나무처럼.

지숙 우직한 나무?

미나   응. 나무. 거기다 자신의 마지막 한 방울까지 쥐어 짜서 내주는 자기 헌신….

지숙   너, 멜로드라마를 너무 보는 거 아니니? 내가 최근에 들은 이야긴데, 너처럼 사랑병 걸린 여자한테는 아주 특효약이다. 들어 봐.

미나   뭔데?

지숙   동네에서 소문난 잉꼬부부가 있었단다.

미나   우리처럼?

지숙   이그, 그래. 여자가 갑자기 쓰러졌대.

미나   어머, 어머. 뇌졸중? 심장마비?

지숙   암튼, 쓰러졌대. 다행히 집에서, 남편 앞에서.

미나   증말 다행이다. 그 뭐냐? 그래, 생명을 살릴 수 있는 골든 타임. 그게 3시간이라지 아마, 세 시간 이내에 병원에 데리고 가면 살 수 있대잖아. 빨랑 신고하지 911!

지숙   거 봐. 넌, 티비 드라마를 너무 봐. 그건 미국이지, 우리나라는 119!

미나   그래 맞다. 그래서? 남편이 너무 놀랐겠다. 신고하는 손이 덜덜덜 떨렸겠지. 아이구, 불쌍해라. 나는 절대 건강할 거다. 울 남편을 위해서라도.

지숙   그래. 니들 부부 잘났다. 서로 사랑해 죽고 못 산다. 암튼, 아무 때나 끼워 넣기는.

미나   그래서? 그래서 어떻게 됐는데? 살았어?

지숙　근데, 그 남편이 신고하지 않고, 가만히 서 있더래.

미나　왜? 너무 놀라서 심장이 멈췄나? 세상에, 그럴 만도 하지. 그렇게 사랑하는 부인이 눈앞에서 쓰러졌으니, 우리 남편도 그런 일 당하면 기절할지 몰라. 나 없는 세상은 상상도 할 수 없다고 늘 그러거든. 자기한텐 죽음이라고. 그래서 나 아침마다 하기 싫은 조깅한단다. 내가 건강해야 하니까, 나 죽으면 울 남편 금방 따라 죽을 걸. 어떻게 자기 생각은 요만큼도 안하고 온통 내 생각만 하고 사니? 스물네 시간을. 아참, 그래서 어떻게 됐니?

지숙　제발, 내 이야기 속에 니 남편 좀 끼어 넣지 마!

미나　알았어. 내 남편의 한결같은 헌신이 너무 감격스러워 그래.

지숙　또, 또!

미나　아, 미안, 그래서?

지숙　그 남편은 심장이 멎은 게 아니라 너무도 멀쩡했어.

미나　근데, 왜? 119를 잊어 버렸나?

지숙　아니, 갈등한 거지.

미나　뭘? 설마….

지숙　그래, 설마가 사람 잡는다.

미나　그래서 계속 보고만 있었대?

지숙　양심이라는 게 꿈틀거려, 삼십 분만에 119에 신고했단다. 이렇게.

미나　어떻게?

지숙 제 아내가 쓰러졌습니다. 가능한 한 천천히 오십시오. 아주
천천히!

미나 뭐? (비로소 장난인 줄 눈치 채고) 너어~!

지숙 농담 속에 뼈가 있단다.

미나 난, 우리 남편 믿어.

지숙 물론 너야 그렇지. 하지만 사람 속을 어떻게 아니? 오죽하면
열 길 물속은 알아도 한 길 사람 속은 모른다 하는 속담이
있겠니?
나 간다. 커피 잘 마셨다.

미나 왜? 좀 있으면 울 남편 올 텐데 보고 가지.

지숙 니 남편을 왜 내가 봐? 난, 내 남편, 남의 남편 다 관심 없다.
오후에 사부인될 여자 만나기로 했다. 아들 가진 유세가 아
주 쨍쨍하단다. 우리 딸은 뭐 어디 내놔도 빠지나?

지숙, 나간다.
미나, 뭔가 생각하는 표정

미나 (조심스럽게) 저기요, 저기요!

세라, 쳐다본다.
미나, 손짓한다.
세라, 다가간다.

미나 저기요! 제가 좀 있으면 여기서 쓰러질 거예요. 남편이 오면 좀 얘기를 나누다, 팍 쓰러질 거예요. 그러니까 절대 놀라지 마세요. 진짜 어디 아파서 쓰러지는 게 아니라 그러니까 그러니까….

세라 하지 말아요.

미나 네?

세라 누구를 시험하려다 자기가 시험에 들게 되지요.

미나 어머? 어머? 다 들으셨구나. 호호호, 그건 걱정하지 마세요. 저는 다만 울 남편이 너무 놀라서 기절할까 봐 그게 걱정인데 로미오와 쥴리엣도 그러잖아요? 진짜 죽은 줄 알고 바로 따라 죽는. 우리 남편이 놀라서 기절하면 제가 바로 일어날 거예요. 아, 그래요. 찬물을 한 바가지 준비해야겠네요. 울 남편 얼굴에 확 뿌리게. 사실 좀 무료했거든요. 봄날처럼 나른하고 노곤하고. 그럴 땐 얼음주머니를 뒷목에 착 갖다대는 듯한 아주 딱 알맞은 충격이 멋진 이벤트거든요. 우리 사랑을 확인할 수도 있고요. 어쩜 우리 둘은 서로 껴안고 울지도 모르겠네요. 서로 사랑을 확인하고, 생존을 확인하고.

세라, 픽 웃고 돌아서 자기 자리로 간다.

미나 아! 울 남편은 얼마나 놀랄까? 벌벌 떨겠지. 나를 살리기 위해 자기 심장도 아낌없이 내 줄꼬야.

들어오는 영남

미나 　(활달하게 손 흔든다)
영남 　(맞은편에 앉으며) 미안, 많이 기다렸지?
미나 　아니, 당신을 기다리는 게 나의 즐거움.
영남 　아유, 사랑스러운 나의 꾀꼬리.
미나 　커피 타 올 게.
영남 　아니, 여기 마담은 뭐하구?
미나 　(질색) 마담이라니? 사장님이야. 이 건물이 통째로 저 사장님
　　　꺼야. (일어나 꾸벅 인사하며) 아유! 죄송해요 (다시 앉고)
영남 　뭐가? 마담은 부인이야. 결혼한 여자. 마드모아젤은 아가씨,
　　　난 그냥 불어를 했을 뿐이야.
세라 　저, 결혼 안 했어요.
영남 　아, 네. 그렇다고 마드모아젤이라고 하기엔 좀….
세라 　좀 올드 하지요.
미나 　아유, 죄송해요. 사장님. 울남편이 유머감각이 좀 있어서….

　미나, 커피 타서 갖고 온다.

미나 　마셔요.
영남 　땡큐!
미나 　호호호….

영남 왜?

미나 당신, 짧은 순간에 삼개 국어를 했네. 한국어, 불어, 영어,
      역시 천재!

영남 이히 리베 디히!

미나 독일어까지 4개 국어, 와우!

영남 뮤지컬을 보고 저녁을 먹을까? 저녁을 먹고 뮤지컬을 볼까?

미나 보고 먹어. 그 애절한 사랑을 포만감을 느끼며 보고 싶지 않
      아. 그건 위대한 사랑에 대한 예의가 아니지. 우리도 허기를
      느껴야지. 사랑의 허기!

영남 역시, 당신은 이 시대 마지막 로맨티스트야. 최고!(엄지 척)

      미나, 머리 짚는다.

      세라, 그 모습 보고 밖으로 나간다.

영남 왜? 머리 아파?

미나 응. 아까부터….

영남 약 사올까? 아님 병원 갈까? 응급실에 잠깐 들르자. 아직
      시간 넉넉해.

미나 두통 쪼끔 왔다고 응급실은 무슨.

영남 (펄쩍) 무슨 소리야? 당신이 나한테 어떤 존잰데, 내 인생 전
      부야. 아프지 마. 당신이 아프면 나도 아파.

미나 알았어.

영남 난, 아무렇게 돼도 좋아. 당신만 건강하고 행복하다면….

미나 나도 그래.

영남 일단 나가자. 찬바람 좀 쏘이면 괜찮을지도 몰라.

미나, 일어나려다 그대로 쓰러진다.

영남 (놀란다) 여보, 여보, 여보! 아이구 이게 무슨 일이래! (미나의 몸 흔들며) 여보, 여보, 여보! 아이구! 휴대폰 휴대폰! (허겁지겁 휴대폰 꺼내서 누른다) 아이구! 여보, 여보! (하다가 통화가 된 듯 평소의 음성대로) 아, 거기 본죽이지요? 배달되지요? 전복죽이랑…. 아, 그래 녹두죽도 맛있지. 야채죽이랑 이것저것 잘 나가는 걸로 골라서 열흘치 보내주세요. (쓰러진 미나 보며) 열흘이면 깨나려나? 아, 저기 아예 한 달치 보내주세요. 남자 혼자 끓여 먹기 쉬운 걸루요. 맛은 있어야 돼요.

미나, 벌떡 일어나 영남의 뺨을 한 대 친다.

영남 (놀라며) 어? 어? 당신

미나 휙 나간다.

영남 여보! (하다가 휴대폰에다 대고 급히) 죽, 몽땅 취소요. 밥 해줄 여자가 멀쩡해졌어요. (미나, 따라서 허겁지겁 나가며) 여보, 여보, 다행이야. 당신이 없으면 난 못 살아.

세라, 바가지에다 찬물 담아 들고 들어오다가 본다.

세라   (바가지 내려다보며) 이거, 필요 없네.

세라, 바가지에 담긴 물로 화분에 물 주고 빈 바가지 소파 밑에 놓는다.

2

첫사랑이 언제나 별은 아니다

들어오는 채영

세라, 앉아서 잡지 뒤적.

채영, 핸드백에서 콤팩트 꺼내 거울 들여다 보며 얼굴 두드린다.

들어오는 진수, 양복으로 쫙 빼 입었다. 아주 신경 쓴 모습.

채영, 얼른 콤팩트 핸드백 안에 넣고 자세 고쳐 앉는다.

진수   (긴장된 표정으로) 오랜만입니다.

채영   (엉거주춤 일어나며) 아, 네.

두 사람 마주 앉는다.

진수   제 연락 받고 많이 놀랐지요?

채영 네 좀….

진수 우리 이십 년만인가요? 아니, 그때 우연히 명동에서 만났지요?
7년 전인가?

채영 그, 그런가요?

진수 그날, 너무 아쉬웠습니다. 차라도 한 잔 할 걸….

채영 그런데, 무슨 일로? 제 휴대폰번호는 어떻게?

진수 간절히 원하면 이루어지죠.

채영 (어이없어 잠자코)

진수 뭐 드실래요? 커피?

　　채영, 고개 끄덕

진수 채영 씨, 커피 참 좋아했지요. 암갈색 커피 안에서 사륵사륵
설탕이 녹아든다는 표현을 쓴 거 기억나요?

채영 제가 그랬나요?

진수 (고개 끄덕이며) 그 시절 채영 씨의 말은 시였고, 음악이었고,
아름다운 풍경화였지요.

채영 (이 남자 왜 이러나? 하는 표정으로) 저기, 혹시 시창작반 같은
데 다니세요?

진수 아닙니다. 색소폰은 배우러 다닙니다.

채영 아, 네. 근데 왜 갑자기 절….

진수 (일어나며) 제가 커피 타 오지요. 여기는 뭐든지 셀프라는 게

마음에 듭니다. 카페인에 약해서 커피를 향기로 마시는 채영 씨. 커피 2분의 1스푼, 설탕 2스푼, 프림 1스푼, 맞지요? (뽐내듯) 정확하지요?

채영 별 걸 다 기억하네요.

진수 별 거라니요? 채영 씨에 관한 건 모두 특별합니다.

진수, 커피 타는데 채영, 손목시계 보며 빨리 이 자리를 벗어나고 싶은 기분.
진수, 커피 두 잔 들고 와서 앞에 놓고 앉는다.
채영, 커피 마신다.
그 모습 바라보며 진수, 커피 마신다.

진수 (뜬금없이) 정말 그런가 봅니다.

채영, 커피 마시며 진수를 본다.

진수 첫사랑의 기억은 그 부피가 너무 두꺼워 결코 망각의 서랍에 들어 갈 수 없다.

채영, 갑자기 사래 들려 커피 마시다 기침한다.
진수, 재빨리 손수건을 꺼내 준다.
채영, 손수건 받지 않고 소매로 쓰윽 닦는다.

진수   (유쾌하다) 하하하….

　　채영, 그런 진수를 의아한 표정으로 본다.

진수   여전하군요. 손수건 대신 소매로 쓰윽 닦는 거. 손수건 안
　　　　갖고 다니는 채영 씨를 위해서, 제가 늘 손수건을 갖고 다녔
　　　　지요. 그리고 기다렸지요. 제 손수건이 필요하게 될 때를.
　　　　채영 씨가 뭘 입가에 묻힐 때면, 이때다 싶어 재빨리 손수건
　　　　을 꺼내곤 했지만 번번이 지고 말았지요. 이미 채영 씨가 소
　　　　매로 쓰윽 닦고 난 다음이었으니까요. 하하하.
채영   (조금 짜증스럽게) 왜, 절, 보자고 했는지.
진수   (채영의 기분은 상관없다. 자기 기분에 취해서) 채영 씨, 라노비
　　　　아 좋아했지요? 제가 남산 잡목 숲길을 걸으며 그 노래를
　　　　불러 주곤 했지요. 그때 채영 씬 소녀처럼 손뼉을 치며 좋아
　　　　했지요. 제 노래에 맞춰 마치 왈츠를 추듯 사뿐사뿐 걷기도
　　　　하고 뱅그르르 돌기도 하고, 전 그 모습이 좋아서 자꾸 노래
　　　　를 불렀고. (라노비아 조금 불러 본다.)

　　채영, 빨리 이곳을 벗어나고 싶은 마음뿐, 커피를 마신다.

진수   지금도 라노비아 좋아해요?
채영   (자르듯) 아니요. 나훈아 좋아해요.

진수   아, 네, 트로트도 매력 있지요. 기차 플랫홈에서 떠나는 연인을 보며 말없이 손을 흔들어 주는 애잔한 슬픔 같은 게 있지요. (커피 마시며) 이별은 늘 아프지요. 어떤 이별이든….

채영   (더는 못 참겠다.) 왜, 절 보자고 했어요?

진수   아, 네, (커피 마시고) 여기 음악 안 틀어 주나요? 채영 씨와 함께 듣고 싶은 노래가 있는데, 우리가 늘 만난 학교 앞 이삭다방 디제이가 우리를 위해 틀어 준 노래. 유 민 에브리 싱 투 미, 당신은 나의 모든 것, 그 곡이 듣고 싶습니다.

채영   (진수한테 화가 나서 아주 무식하게) 여기, 노래 신청돼요?

세나   (우아하게) 셀프예요.

진수   이것까지 셀프라니 좀 번거롭군요. 차라리 제가 직접 부르는 게.

채영   (벌컥) 아, 왜, 절 보자구 했냐니까요?

진수   아, 네, 사실은 제가 지난달에 종합검사를 했습니다.

채영   (다소 긴장) 종합검사요? 혹시 무슨 병이라도….

진수   네. 처음에는 의사가 마음의 준비를 하라고 해서 바싹 얼었습니다.

채영   (자세 고쳐 앉고) 어머머….

진수   놀라지 마십시오. 채영 씨가 걱정해주니 마음이 참 좋습니다.

채영   (답답한) 그래서요?

진수   정밀검사 결과 위염이랍니다. 맵고 짜고 달고 시고 자극적인 음식을 좋아하는 한국인 30프로가 갖고 있는 미란성 위염. 다행이었지만 그때 깨달은 게 있었지요. 살아 온 날보다 살아갈 날이 멀지 않았구나. 그래서 제 인생을 한 번 돌아 봤지요. 제가 가장 빛나던 젊은 시절, 거기에 채영 씨 당신이 서 있더군요. 한 번 꼭 보고 싶었어요.

채영　(갑자기 적극적인 태도로 돌변) 미란성 위염이라구요? 그거 안심할 거 못 돼요, 절대로. 위염이 위궤양이 되고 위암까지 갈 수 있어요. 정말 큰일이네.

진수　(흐뭇하다) 허, 이렇게까지 절 걱정 해주시니 갑자기 온 몸이 붕 뜨는 것 같습니다. 하하하.

채영　웃을 일이 아니라니까요.

진수　네?

채영　위염, 특히 미란성 위염, 얕잡아 보다가는 큰 코 다칩니다. 저 큰 코 다친 사람 여럿 봤어요. 정수 씨.

진수　진순데요.

채영　아유~ 제가 그만 깜빡, 정수 씨 저한테 연락 정말 잘하셨어요. 어쩜 신의 계시인지도 모르겠네요. 정수 씨 오래 살게 하려는.

진수　정수가 아니라….

채영　(OL) 아이구, 내 정신, 호호호. 진수 씨 잠깐만요. (가방에서 여러 장의 전단지 꺼내 테이블 위에 자르르 펼친다.) 이것 좀 보세요.

진수　이게 뭡니까?

채영　이게 말이죠. 대단한 거예요. 춘천 깊은 동굴에서 조금씩 떨어지는 물을 모은 거예요. 옥정수라고 들어 보셨을 거예요. 미네랄, 칼슘 풍부하고, 특히 위염에는 직방 아니 즉효약이예요. 자, 보세요. (전단지 진수의 얼굴에 바싹 들이댄다.)

　　진수, 당황하다가 절망적인 표정

채영　제가 특별히 정수 씨한테는 20프로 아니 30프로 싸게 해드릴 게요. 무료식음용으로 다섯 병 공짜로 드릴 게요. 오늘 한 달 치 계약하세요. 지금 하면 사은품으로 옥장판이 나가요. 옥장판도 위염에 좋아요.

　　진수, 일어나 나가려는데

채영　(따라 일어나며 다급하게) 정수 씨, 50프로 싸게 해드릴 게요.

진수　(휙 돌아서서) 정수 아니라니까!

채영　아니, 저기, 용수 씨, 이거 아닌가? 강수 씨?

　　진수, 나간다. 채영이 용수, 강수, 철수 부르며 따라 나간다.

3

지독한 사랑 위에는 비가 내린다

들어오는 지숙

지숙, 자연스럽게 커피 타 들고 와 앉는다.

지숙　(시계 보며) 무슨 매너야? 벌써 2분이나 지났는데….

들어오는 연지와 순이

순이　(호들갑) 아유, 벌써 오셨네.

연지와 순이, 앉는다.

지숙　어떻게 같이…?

순이	아, 요 앞에서 딱 만났네요. 호호호. (큰소리로) 여기 주문 받아요.
지숙	여긴 셀프예요.
순이	커피가 셀프라구요? 와, 장사 완전히 날로 먹는다. 커피값은 싸요?
지숙	비싸요.
순이	배짱이네. (세라, 살피며) 배짱 있게 생겼네.
연지	아유, 호텔 라운지에서 만나자니까. (주위 둘러보며) 완전 촌스럽고.
지숙	깔끔하고 좋기만 한데.
순이	(눈치 살피다) 자, 자, 내가 커피 타올 게요. 청담동 사모님은 커피 몇 숟갈 타요?
연지	전, 안 마실래요. 전, 코피 루왁만 마셔요.
순이	네? (코 만지며) 코피?
연지	(잘난 척) 인도네시아에 서식하는 사향고양이가 산을 돌아다니며 제일 잘 익은 커피 열매를 따먹고, 그 씨는 소화되지 못하고 배설을 하거든요. 그 배설물 사이에 섞여 나오는 극소량의 생두를 채집하여 만드는 커피. 세상에서 제일 비싼 커피죠. 전 그 커피 아니면 안 마셔요.
순이	고양이 똥으로 만든 커피가 제일 비싸다구요?
연지	아유, 무슨….
순이	배설물이 똥 아닌가요?

연지   (혼잣말) 아유, 증말, 무식해서 말을 못하겠네.

순이, 으으 하고 참는 표정

세라   코피 루왁 있어요.
연지   네? 정말요? 이런 데서? 가짜 아닌가요? 전 마셔보면 금방
      알아요. 코피 루왁 고것만 마시니까.
세라   그럼, 더 잘됐네요. 진짜 맛을 아실 테니까. 코피 루왁 제가
      마시려고 갖다 놨어요. 찾는 사람은 거의 없지만. 한 잔 드려
      요? 이건 특별히 제가 직접 타드리지요.
지숙   세상에서 제일 비싼 커피라는데, 대체 얼마예요?
세라   한 잔에 60만 원이에요.

세 여자, 모두 헉 하고 놀란다.

세라   코피 루왁 준비해 드릴 게요.
연지   (당황) 저, 저, 저, 잠깐만요. 제가 방금 마시고 와서 지금은
      생각이 없네요. 다음에, 다음에, 와서 마실 게요.
세라   그러세요. 그럼.

순이, 픽 웃는다.

연지   (발칵) 왜 웃으세요?

순이   네? 아니, 제가 뭘….

연지   마치 내가 코피 루왁을 마셔본 적이 없다는 듯한 웃음이군
       요. 기분 몹시 나빠요.

　순이, 벌떡 일어난다.

연지   (놀라서) 그렇다고 가겠다는 거예요? 중매쟁이 소임은 다해
       야 할 거 아니에요?

순이   셀프라서 내 커피 타러 가요. 참고로 난 달달한 봉지커피가
       최고예요.

　순이, 커피 있는 쪽으로 간다.

연지   아유, 무식하긴. (하다가 지숙과 눈 마주치자 애매하게 웃는다.)

지숙   제가 약속이 있어서 빨리 끝내지요.

연지   아, 네. 저도 약속이 있어요.

　두 여자, 핸드백에서 종이 꺼낸다.
　서로 교환해서 읽어 본다.
　순이, 커피 타 들고 와서 마신다.

연지　아니, 이게 뭐예요? 강남구, 송파구, 서초구에 있는 사십 평대 아파트? 지은 지 3년 안의 신축아파트, 전망 좋고, 교통 좋고, 환경 좋고, 기가 막혀서…. (종이 흔들며) 대체 얼마나 하는 줄 알기나 해요?

지숙　그거야, 뭐, 제가 알 바 아니구요. 우리 딸이 워낙 책상 앞에 붙어서 공부만 해서 갑갑증이 좀 있어요.

순이　아유, 그러니까 그 나이에 박사가 됐지요. 것두, 공학박사, 여자가….

지숙　그래서 넓은 아파트라야 되구요. 사십 평이 아주 넓지는 않지만, 뭐, 그 정도면. 그리고 워낙 깔끔한 성격이라 누구랑 같이 화장실 못 써요. 그러니까 화장실 두 개는 필수예요, 필수!

연지　아니, 그럼 나중에 애 낳으면 아들 화장실, 딸 화장실, 화장실만 서너 개 있어야 하겠네요.

지숙　그건 그때 일이구요. 또 우리 딸이 워낙 품위 있게 공주처럼 자라서 벌레를 무서워해요. 작은 파리도 무서워한다니까요. 그러니까 깨끗한 신축아파트라야 돼요.

연지　무슨 소리를 하시는지 원~. 우리 닥터 박이 그러는데 댁의 따님이 손바닥으로 바퀴벌레도 때려잡아서 그 털털함 때문에 반했다는데요? 내숭 없어서.

지숙　벌레 중에 특별히 바퀴벌레는 좀 친근감 있게 생각하더라구요.

순이   어머, 어머, 난 벌레 중에 걔가 제일 징그럽고 무서운데.

지숙   암튼, 우리는 바라는 거 없어요. 아무것도. 그저 그거 하나 사십 평대 아파트 (종이 다시 한 번 보고) 그러니까 예단을 현금으로 하라, 이 말씀이세요?

연지   네. 온리 캐쉬! 저 동물애호가라 밍크코트 딱 질색이구요. 샤넬, 프라다, 구찌, 루비똥, 에르메스 명품 핸드백 너무 많아서 처치 곤란이구요.

순이   (연지의 핸드백 만지며) 이것도 명품이지요? 루비똥?

연지   (거만하게) 에르메스.

순이   아, 에~ 에르메스.

연지   전 아주 간결한 걸 좋아하지요. 우리 그이도 그렇구요. 우리 닥터 박도 그렇구요. 남들은 사자 붙으면 열쇠 3개라는데.

순이   그건 그래요. 병원 열쇠, 아파트 열쇠, 자동차 열쇠.

지숙   어머, 어머. 조선시대에서 타임머신 타고 오셨나 봐. 요즘 누가 촌스럽게 열쇠 3개 운운해요!

연지   그러니까, 내 말이, 깔끔하게 현금으로.

지숙   세상에, 그렇다고 이렇게.

순이, 종이 슬쩍 보다가 '헉' 하고 놀란다.

순이   대체 공이 몇 개야? 일십백천만십만… (하는데)

지숙, 종이 탁자 위에 팍 엎는다.

연지　강남, 송파, 서초 3구에 있는 사십 평대 아파트 가격은요?
　　　 그거 생각하면 뭐 놀랄 일도 아니지요.

지숙　기가 막혀서.

순이　제가 좀 바빠서. 그런데 결혼날짜도 잡았고, 중매비 미룰 이
　　　 유가 없어요. 오늘 주세요.

연지　얼마 드려야 되지요?

순이　양가에서 따로 따로 하셔야 하구요. (가방에서 종이 꺼낸다)
　　　 저도 종이에 써왔어요. 이게 요즘 추세라서요.

연지와 지숙, 종이 보고 놀란다.

동시에　아니! 이렇게 많이….

순이　아유, 조금도 놀랄 일 아닌데, 두 분 스케일에 비하면. 호호
　　　 호.

연지　그래도 이건….

순이　고양이똥 60만 원짜리 커피 마시는 청담동 사모님께서 왜
　　　 이러시나?

지숙　너무 많아요.

순이　도곡동 타워에 사시는 사모님은 또 왜 이러시구. 사모님들
　　　 제 말씀 잘 들어 보세요. 아파트 중개수수료도 1억짜리 아파

트 매매할 때와 10억짜리 아파트 매매할 때 다르지요? 신혼
집 가격과 예단비 가격으로 중매비도 책정하는 거예요.

지숙   기가 막혀서.

연지   알았어요.

순이   그래도 고양이똥 사모님이 화끈하시네.

연지   고양이똥 아니라니까요.

순이   그럼, 고양이 배설물이요.

연지   (기막힌) 아이 참!

지숙   암튼, 난, 못 해요. 결혼이 무슨 장사예요?

연지   말씀 한 번 잘하시네. 나도 못해요.

순이   아니, 왜들 이러세요? 청첩장까지 다 찍은 마당에. 조금씩
양보하고 이해하고 배려하고.

연지   시끄러워요. 난, 못해요.

지숙   나도 못해.

연지와 지숙, 서로 노려본다.

순이   (난감하다) 아, 이러면 되겠다. (종이 두 장 들고) 서로 가격이
비슷하니까 돈도 안 받고 아파트도 안 사주고 이러면 되겠
네. 아주 공평하게.

연지   그럼 중매비 안 줘도 되겠네. 신혼집도 안 사주고 예단비도
안 받으니까.

지숙   아, 그러네. 그걸 기준으로 중매비 계산한다고 했으니까.

순이   아니, 그게 아니라, 정말 안 주고 안 받고 할 거예요?

연지   아니요. 우리 닥터 박이 뭐가 모자라서? 병원건물까지 사주겠다는 여자들이 줄을 섰는데.

지숙   우리도 마찬가지예요. 우리 딸이, 아니 우리 김 박사가 뭐가 부족해서? 다섯 살 때 전국 예쁜 어린이대회에서 일등 먹었구요. 그걸 시작으로 쭉 일등 인생을 달렸어요. 미모, 능력, 성격 뭐 하나 빠지는 게 없는데.

    순이, 한숨. 그때 비 온다.

순이   어유, 고맙네, 때맞춰 속 시원하게 소낙비가 오네.

    들어오는 제인
    휘이 둘러보고 자리에 앉는다.

제인   (노래를 부르듯) 비가 오네. 비 오는 날엔 커피를 마셔요. 비 오는 날엔 그 사람을 기다려요.

연지   어머, 어머, 저 여자! 지하철역에서 봤어요.

지숙   나는 종종 봐요. 항상 타임지를 읽고 있어요.

순이   그거, 영어잡지 아니에요? 세상에, 영어 잘 하나보네. 난 에이 비 시 디 이 에프 지, 그 다음부턴 골치가 지끈지끈 쑤시던데.

세라, 커피 갖다 준다.

연지	어머, 어머, 저건 무슨 시츄에이션이래. 커피 셀프라면서?

연지   어머, 어머, 저건 무슨 시츄에이션이래. 커피 셀프라면서?

지숙   특별히 저 여자한테만 사장이 직접 타다 줘요.

순이   왜요? 저 여자 돈 많아요?

지숙   인생을 너무 돈으로 따지지 말아요. 진짜 중요한 건 그런 게
        아니에요.

순이   지금까지 돈 갖고 싸웠으면서, 참, 변덕은.

지숙   저 여자, 미국 유학 중에 어떤 남자와 굉장한 연애를 했대요.

순이   굉장한 연애? 고양이 눈깔만큼 큰 다이아몬드 주고 받고, 오
        픈카 타고 다니면서 돈 펑펑 쓰는 굉장한 연애?

연지   김 여사님은 너무 속물 같아요. 인생이 돈이 다가 아니에요.

지숙   그럼요, 그럼요. (커피 마시고) 저 여자와 그 남자 정말 죽도
        록 사랑한 사이였는데.

연지   어머, 어머, 남자가 떠났구나. 남자의 배신, 정말 뼈가 녹는
        슬픔이지요. 저도 첫사랑과 헤어졌을 때 그냥 칵 죽고만 싶
        더라고요.

지숙   어머? 세상에. (연지의 손잡으며) 그 마음 알아요. 사랑을 잃
        는다는 건 온 우주를 잃는 것과 같지요. 저도 10킬로나 빠졌
        어요. 실연이 다이어트의 특효약이더라구요.

연지   저런, 얼마나 힘드셨어요? 잘 견디셨어요.

지숙과 연지, 서로 토닥토닥. 순이, 이게 무슨 일인가? 어리둥절…

제인   우리 지석 씨 안 왔어요? 비가 와서 차가 막히나보네. 우리
        지석 씬 약속시간 잘 지키는데. 뭐든지 저하고 한 약속은 잘
        지켜요.

세라   (측은하다. 다정하게) 커피 마셔요.

    제인, 커피 마신다.

제인   우리 지석 씬 비를 참 좋아해요. 비 냄새가 그렇게 좋대요.
        화한 박하향이 훅 끼치고 어딘가에 연연한 연두색 잎사귀가
        숨어 있을 것 같대요. 우리 지석 씨 시인 같지요? 그렇다고
        무조건 감상적이지 않아요. 얼마나 냉철하고 지적인지. 언
        니, 우리 지석 씨 아직 못 봤지요? 눈빛이 항상 빛나요. 별을
        담고 있는 것처럼. 전, 정말 행운아예요. 그런 멋진 남자를
        사랑하다니. 우리 지석 씨도 절 사랑해요. 너무, 너무. 그
        사랑, 너무 고마워 눈물이 나요. 언니, 지금 몇 시예요? 아,
        맞다. 우리 지석 씨가 기차역에서 날 기다리나 봐요. 비가
        오면 바다를 보러 가기로 했거든요. 내 정신 좀 봐. 기차역,
        기차역이에요.

세라   커피 마시고 가요.

제인   아니에요. 우리 지석씰 너무 오래 기다리게 할 수 없어요.

사랑은 상대방을 지치게 하는 게 아니에요. 빨리 가야 해요

제인, 휙 나간다. 그 모습 슬픈 눈으로 바라보는 세라

순이 세상에, 죽일 놈! 허긴 남자들은 다 죽일 놈이지. 저렇게 자
      기를 사랑하는 여잘 버리다니.
지숙 버린 게 아니라, 죽었어요. 교통사고로.
연지 어머, 어머! 세상에, 아유 가엾어라.
순이 저 여자는 그 남자가 죽은 걸 몰라요?
연지 왜 모르겠어요? 절대로 그 사실을 인정하고 싶지 않은 거지
      요.
지숙 어머, 어쩜 사부인은 참 사태파악을 제대로 하시네요. 맞아
      요. 바로 그거예요. 저 여잔 사랑을 죽일 수가 없어서 언제나
      그 남자가 살아 있다고 믿을 거예요. 너무 가여워요.
연지 아! 정말 사랑은 숭고하지요.
지숙 그럼요. 사랑 앞에는 다 부질없어요. 아, 그래서 오늘 비가
      내리나 봐요.
연지 맞아요. 저 지독하고 뜨거운 사랑이 저 여자 화상 입힐까 봐
      요.
지숙 (연지의 손잡으며) 어머, 어쩜, 사부인은 정말 저하고 통하네
      요. 사랑을 아는 분과 얘기를 나누니 삭막한 가슴에 따뜻한
      물이 찰랑거리는 것 같아요.

연지   어쩜, 사부인은 시인 같아요.

지숙   한때는 시인 지망생이었어요.

연지   (손뼉 치며) 어쩜, 어쩜, 저두요. 저도 시인지망생이었어요. 우리는 정말 천생연분이네요.

순이   무슨 큰일 날 소리, 두 분이 아니라 두 분의 아드님과 따님이 천생연분이지요. 참, 나 약속 있는데 빨리 중매비 정산해주세요.

연지   돈이 그렇게 중요한가요?

지숙   그럼요. 돈은 없어도 살 수 있어요. 까짓것 갈치 먹을 거 멸치 먹고, 구두 신을 거 고무신 신고, 택시 탈 거 걸어 다니면, 뭐 어때요?

연지   (격렬하게 동조) 맞아요, 맞아요. 돈은 하나도 중요하지 않아요. 하지만 사랑은 공기 같은 거예요. 없으면 우린 당장 죽어요. 저 여자, 너무 불쌍하다.

지숙   그렇지요? 아, 슬픈 영화를 본 것처럼 가슴이 타고 목이 타네요.

연지   우리 시원한 생맥주 한 잔 하러 갈까요?

지숙   좋은 생각이에요.

두 여자, 의기투합해서 나간다.

순이   (소리치며 따라 나간다) 저기요, 저기요. 중매비 달라구요!

4

첫사랑은 여전히 별이다

들어오는 은아와 미오
미오, 마스크와 모자로 얼굴 가렸다.
마주 앉는 두 사람

은아   엄마, 내가 커피 타 올게. 여긴 셀프야.

미오, 손 내젓는다.

은아   왜? 한 잔 마시지.

미오, 고개 젓는다.

은아　그럼, 나도 정 선생님 오시면 같이 마실래.

　　미오, 고개 끄떡

은아　엄마, 나 긴장돼.

　　미오, 은아의 손잡아 준다.

은아　(심호흡) 나, 잘 할 수 있겠지?

　　미오, 고개 끄덕

은아　엄마, 꼭 이렇게 해야겠어? 마주 앉아서 이야기하면 안 돼?
　　　정 선생님 보고 싶고, 목소리 듣고 싶다고 했잖아?

　　미오, 고개 떨군다.

은아　알아, 엄마 기분. 엄마가 너무 많이 변해서, 늙고 병들어서
　　　엄마 모습 보이기 싫다는 거. 하지만 어쩌면 마지막일지도
　　　모르잖아. 용기를 내 봐.

　　미오, 고개 흔든다.

은아   처음으로 엄마의 마음을 내 준 사람한테 엄마의 고운 모습만
        기억하게 해주고 싶어서 그런 거 알아. 하지만 정 선생님도
        엄마가 보고 싶을 거야.

    미오. 고개 숙인다.

은아   알았어. 엄마 내가 잘할 게. 엄마는 저기 앉아서 정 선생님
        목소리 들어. 너무 긴장하지 말고, 고개를 살짝 돌리면 정
        선생님 얼굴도 볼 수 있을 거야. 엄마가 얼마나 정 선생님을
        그리워했어? 아, 엄마, 아빠한테 미안해 할 거 없어. 엄마는
        정말 좋은 아내였어. 첫사랑을 가슴에 품고 있다고 기분 나
        빠할 우리 아빠가 아니지. 아마, 하늘나라에서 응원할 거야.

    미오, 고개 끄덕

은아   약속시간 다 됐어.

    미오, 일어나 대각선 자리에 등을 보이고 앉는다.
    들어오는 석진
    은아, 일어나 고개 숙인다.
    석진, 다가간다.

석진 은아 씨?

은아 네….

두 사람, 마주보고 앉는다.

은아 놀라셨지요? 제 전화 받고….

석진 그보다 엄마가 많이 아파요?

은아 네.

석진 어디가? 아, 아니, 말 안 해도 돼요. (은아 보며) 엄말 많이
      닮았군요.

은아 그런 말 많이 들어요. 엄마한테 선생님 이야길 많이 들어선
      지, 처음 뵙는 분 같지 않아요.

석진 엄마가 내 이야길 뭐라고 하던가요?

은아 좋은 분이라고. 참 따뜻하고 자상한 분이라고. 아, 차 뭐로
      드실래요?

석진 아메리카노.

은아 네.

은아, 일어나 커피 탄다.

석진, 유심히 미오의 등을 바라본다.

은아, 커피 두 잔 들고 와서 앉는다.

두 사람 커피 마신다.

석진	늘 엄마가 궁금했어요. 어떻게 살고 있나? 어디에 살고 있나? 한 번 만날 수 있을까? 은아 씨 전화 받고 반가웠어요, 가슴이 뛰고. 엄마 많이 아픈가요? 여기 나올 수 없을 만큼?
은아	네.
석진	착하고 여리고, 배려심 많고, 그런 사람이 아프지요. 걱정했어요.
은아	두 분 왜 헤어지셨어요?
석진	그 이야긴 엄마가 안하던가요?
은아	그냥 모든 게 처음이라, 너무 서툴러서.
석진	어쩌면 엄마는 내가 떠난 거라고 생각할지도 모르겠군요.
은아	그게 무슨 말씀이신지?
석진	이제는 말해도 되겠지요. 세월이 많이 흘렀으니까. (심호흡) 어느 날 미오 씨 어머님이 날 찾아왔어요.
은아	외할머니가요?
석진	(고개 끄덕) 아무 말 없이 떠나 달라고. 미오 씬 외롭고 힘들게 자라서, 좋은 환경의 남자를 만나야 한다고, 눈물을 흘리면서 간절히 부탁했어요.
은아	(놀라는 표정) 정말요?
석진	(고개 끄덕) 난, 가난한 집안의 장남이었어요. 아버지는 일찍 돌아가셨고, 어머니는 오랫동안 병석에 누워 계셨고, 나를 바라보는 동생이 네 명이나 있었지요.
은아	그렇다고 그렇게 사랑했으면서 어떻게?

석진 그게 내 사랑법이었어요. 미오 씰 힘들게 하고 싶지 않았어요.

은아 갑자기 사랑하는 사람을 잃은 우리 엄마는요? 우리 엄마 괴로움은 생각해 보지 않으셨어요?

석진 며칠 숨어 있는데 너무 힘들어서, 너무 괴로워서, 죽을 거 같아서 미오 씨 어머님을 찾아 갔지요. 무릎을 꿇고 애원했어요. 고생 안 시키겠다고, 몸이 부서져라 일하겠다고, 죽는 날까지 내 자신보다 더 사랑하겠다고. 그러니 제발 좀 봐달라고.

은아 그래서요? 외할머니 반응은 어땠어요?

석진 가방에서 약봉지를 꺼내시더군요.

은아 약봉지요?

석진 더 이상 아무 말 못하고 밖으로 나왔어요. 미오 씨 어머님을 돌아가게 할 수는 없었으니까. 차라리 내가 죽는 편이 나았으니까. 정말 살아도 사는 것 같지 않은 시간이 흘렀지요. 죽을 수도 없었어요. 내 몸은 내 몸이 아니라, 내 가족의 몸이었으니까요. 장남의 책임감으로 버티고 버텼지요. 바람결에 미오 씨가 경제적 여유가 있는, 좋은 남자를 만나 결혼했다는 소식을 듣고, 비로소 정신을 차렸어요. 미오 씨가 행복한 게 제 버팀목이 되었지요. 그런데 얼마나 아픈 건가요? 자세히 알고 싶어요. 도저히 못 참겠어요. 미안해요.

은아 위암인데, 병원에서 더 이상 하얀 눈을 볼 수 없을 거라고….

석진   (절망적인 표정) 미오 씨 펑펑 내리는 함박눈 아주 좋아했는
      데… (고개 흔들며) 아니, 아니에요. 기적이라는 것도 있고.
      아, 그래요, 민간요법 그런 것도 있잖아요?
은아   네. 최선을 다하고 있어요. 저희 가족도, 엄마도, 희망의 끈
      을 놓지 않고 있어요.
석진   그래요. 다 잘 될 거예요. 그럼요.

      은아, 가방에서 털목도리 꺼낸다.

은아   엄마가 병실에서 뜬 거예요. 선생님이 추위를 많이 타신다
      고.

      석진, 털목도리 만지며 울컥한다.

석진   색깔이 참 곱군요. 올 겨울은 춥지 않을 것 같아요. 이 목도
      리를 두르고, 미오 씨랑 차를 한 잔 마시고 싶군요. 창 밖에
      내리는 눈을 보며….

      석진, 가방에서 비닐봉지 꺼낸다.

석진   은아 씨 전화 받고 잠시 생각했어요. 혹시 미오 씨가 아픈
      게 아닌가? 이 세상은 미오 씨처럼 착하고 고운 사람이 다치

기 쉬운 곳이니까. 그래서 몸에 좋은 것 이것저것 준비해 봤어요. 건강식품도 있고, 약초도 있고, 그냥 이것저것, 다행히 위에 좋은 약초가 들어 있어요. 먹는 법도 적어 넣었어요. 아니, 꼭 먹으라는 게 아니라 안 내키면 안 먹어도 좋고. (하는데 눈물 흐른다)

은아 (놀라서) 선생님!

석진 참, 부질없는 생각인데 내가 대신 아팠으면… 내가 대신 갈 수 있다면 가겠는데….

은아 선생님.

석진 미오 씬 이렇게 예쁜 딸도 있고, 나는 홀가분해요.

은아 가족은요?

석진 결혼 안 했어요.

은아 네? 왜요?

석진 동생들 가르치고 결혼시키고 그러다 보니 그리고 내 가슴에 방이 하나 있는데 이미 그 방을 차지한 주인이 있었지요. 나가 주지도 않고, 아니, 내가 못 나가게 했어요. 은아 씨, 그런 슬픈 표정 짓지 말아요. 나는 내가 참 잘 살았다고 생각해요. 미오 씨, 덕분에 행복한 기억도 많고 그것으로 충분해요. 은아 씨 내가 부탁이 하나 있는데….

은아 네, 말씀하세요.

석진 내가 은아 씰 만날 생각에 너무 긴장했나봐요. 머리가 아픈데 두통약 좀 사다 줄 수 있어요?

은아   그럼요. 잠깐만 기다리세요.

  은아, 나간다.
  석진, 자리에서 일어나 천천히 미오의 등 뒤로 가서 선다.

석진   당신을 이렇게 만나다니 아주 좋은 꿈을 꾸고 있는 거 같아
       요. 아, 놀라지 말아요. 그대로 앉아 있어요. 처음부터 당신
       인 줄 알았어요. 당신이 더 멀리 있어도 얼굴을 전부 가려도
       나는 당신을 알아 볼 수 있어요.

  미오, 고개 숙인다.

석진   고마워요. 당신을 보게 해줘서. 고마워요. 따뜻한 털목도리.
       고마워요. 잘 견디어 주어서, 앞으로도 부탁할 게요. 꼭 이겨
       내고 나랑 차 한 잔 해요, 눈 내리는 겨울들판을 보며. 당신
       은 내 젊은 날에도, 지금에도, 또 앞으로도, 단 하나의 내
       사랑입니다. 사랑합니다. 미오 씨, 당신의 전화를 기다리겠
       습니다. 그때까지 나는 아프지도, 죽지도 않을 겁니다.

  석진, 천천히 돌아서 나간다.
  미오, 고개 돌려 석진의 뒷모습 본다.
  미오, 고개 숙이고 운다.

약봉지 들고 들어오는 은아.

은아　(미오에게 다가가서) 엄마!

미오, 고개 든다.

은아　선생님은? 선생님은 가셨어?

미오, 고개 *끄덕*
미오, 천천히 일어난다.
은아, 미오를 부축해서 함께 나간다.

세라　사랑의 유효기간은 2년이라고. 이건 단순한 추측이 아니라 과학적 근거에서 나온 말이라고 하더군요. 사랑은 매일 아침 조금씩 없어지는 치약처럼 소모성이라고도 하고, 우유처럼 변질되기 쉬운 거라고도 하고, 암튼 사람들은 사랑을 믿지 않아요. 그런데 사랑을 믿지 않는다면 대체 뭘 믿어야 하나요?

5

추락하는 건 날개가 없다

남자, 들어온다. 불안 초조한 기색이 역력하다. 물 한 잔 벌컥벌컥 들이켜고 자리에 앉는다. 손으로 얼굴을 가리는 등 몹시 움츠려 든 자세. 들어오는 처제.

남자 (벌떡 일어나며 감격스럽게) 처제!

처제 (냉정한 시선으로 쓱 쳐다보고 앉는다.)

남자 (앉으며) 놀랐지? 놀랐을 거야.

처제 (냉정한 어조로) 천만에요. 놀라지 않았어요.

남자 무슨 소리야? 실종신고를 한 건 처제였잖아? 처제는 내가 죽었을 거라고 생각하고 있는 사람 아니야?

처제 형부는… (사이) 형부라고 부를 수밖에 없군요. 익숙한 호칭을 하루아침에 버리기 힘드니까.

남자 (마주 앉으며) 대체, 무슨 말을 하고 있는 거지?

처제 (도전적으로) 형부가 왜 죽어요? 전, 지금 보여요. 형부의 양
겨드랑이에 돋아 있는 황금빛 날개, 자유라는 이름의 날개,
(비웃듯이) 형부의 몸은 새털처럼 가볍겠지요?

남자 (엄격하게) 처제!

처제 전 알아요. 형부가 언니를 조금도 사랑하지 않았다는 사실
을.

남자 처제! 왜 그런 엉뚱한 소리를 하는 거야? (울먹이는 어조로)
언니가 죽었으니까, 날 형부로 인정하고 싶지 않은 거지?

처제 (소리친다) 지긋지긋 하지도 않아요? 제발, 이젠 그 가면 좀
벗으세요.

남자 가면이라고?

처제 형부는 지난 7년 동안 병든 언니를 학대했어요!

남자 학대라고? 내가 언니를 때리기라도 했단 말이야?

처제 철저한 무관심, 그것처럼 잔인한 학대가 어디 있어요? 더구
나 언닌 병이 들었어요. 따뜻한 손길이 누구보다 필요했던
사람이에요! 형부는 어떠했나요? 위로의 말 한 마디조차 인
색하지 않았던가요? 형부는 무심한 방관자였어요. 언니를
동물처럼 사육했어요. 식사 때가 되면 우리 안에 갇혀 있는
짐승에게 고기 덩어리를 던져 주듯, 밥을 주었어요. 그게 형
부가 언니한테 한 일의 전부였어요. (갑자기 설움이 복받친다)
아, 불쌍한 언니….

남자　내가 언제까지 처제한테 이런 모욕을 당하고 있어야 하나? 도대체가 (분해서 말을 잇지 못한다) 그래, 맞았어. 이제 그 이유를 알겠어. 내가 언니와 결혼할 때 처가집에서 사준 아파트, 그걸 돌려받기 위해서 날 부도덕한 놈으로 만들고 있는 거로군. 치사해, 치사한 일이야.

처제　함부로 말하지 말아요. (애써 감정을 누르며) 언닌, 참 바보였어요. 아니 그 반대였는지도 모르겠어요. 언닌, 자신을 더 이상 비참하게 만들고 싶지 않았던 거예요. 그래서 형부의 냉대를 혼자 견딘 거지요. 병든 여자는 될지언정 버림받은 여자는 되고 싶지 않았던 거예요. 친정식구들 앞에선 언제나 형부를 칭찬했어요. 낯 한번 찡그리지 않고 혼자 병시중을 다 들어 준다고, 고마운 남자라고, 친구들한텐 자랑했어요. 자신이 그런 몸으로 죽지 않고 살아 갈 수 있는 건, 비싼 약 때문이 아니고, 남편의 사랑 때문이라고요. 언닌 바다에서 금방 건져 올린 물고기처럼 파닥파닥 뛰는 싱싱하고 건강한 친구들한테 지고 싶지 않았던 거예요. 여잔 남편의 사랑을 잃지 않는 한 여왕처럼 뽐낼 수 있으니까요. 아, 불쌍한 언니, 그 모든 걸 혼자 감수하다니….

남자　완벽한 각본이군. 아파트를 빼앗기 위한, 하지만 어림없어. 절대 돌려 줄 수 없다고. 오히려 더 받아 내야 해. 지난 7년 동안 병든 아내 때문에 내가 치른 희생의 대가론 너무 싸. (사이)

처제는 내 편인 줄 알았는데. 우린 호흡이 잘 맞는 형부와 처제 사이가 아니었던가?

처제 그랬지요. 나도 속아 넘어갈 뻔 했어요. 언니의 일기장을 보지 않았다면.

남자 (놀란다) 뭐어? 일기장?

처제 임금님 귀는 당나귀 귀라고 소리친 이발사의 심정과 같았겠지요. 언닌 진실을 알리고 싶었던 거예요. 그게 언니의 일기장이죠.

남자 그, 그럴 수가?

처제 이제 놀라시는군요. 세상에 완전범죄란 없는 법이에요.

남자 뭐어?

처제 일기장엔 너무도 자세히 쓰여 있더군요. 형부가 언니를 얼마나 외롭게 만들었는지, 얼마나 잔인하게 죽여가고 있었는지 말이에요. 누가 방문하면 형부는 오직 언니를 위해 사는 한 마리의 순한 양이 되었고, 손님이 가고 언니와 단 둘이 남게 되면 형분 늑대가 되어 으르렁 발톱을 내밀었지요. 형부는 팔색조예요. 시시각각 색깔이 변하는 교활한 새, 팔색조!

남자 그런데 왜, 내가 언니를 사랑해서 따라 죽었을 거라고 떠들어 댔지? 차라리 내가 나쁜 놈이라고, 이중인격자라고 떠들지 그랬어?

처제 아녜요, 언니를 더 이상 불쌍한 여자로 만들고 싶지 않았어요. 흔히 사람들은 남의 불행으로 자신의 행복을 가늠하려고 들지요. 불쌍한 언니를 세상 사람들이 자신들의 행복을 재는 자로 이용하는 걸 용납할 수 없었어요. 그리고 언니를 거짓말쟁이로 만들고 싶지 않았어요. 병들어 죽었지만 끝까지 사랑받은 그 여자는 행복했다, 언니가 원하는 대로 그런 평가를 받게 하고 싶었어요. 언니의 마지막 자존심이었으니까.

남자　그래, 이제 알았어. 그래서 다른 방법으로 날 함정에 빠뜨렸군.

처제　그래요!

남자　내가 서울을 떠나자마자 재빨리 실종신고를 하고, 내가 틀림없이 자살했을 거라고 여기저기에다 연막탄을 쏘아댔군.

처제　근사한 일이지요. 건강한 여자들이 모두 언니를 부러워 하니까.

남자　(증오심) 나쁜 여자!

처제　형부의 연극이 너무 완벽해서 가증스러워 견딜 수가 없었어요. 형부를 죽이고 싶었어요. 하지만 난 바보가 아니에요. 완전범죄는 없다는 게, 형부한테만 적용되는 건 아니니까요.

남자　그래서 매스컴을 이용해서 날 죽였나?

처제　형부도 손해 본 것만은 아니에요. 모든 사람들이 형부를 좋은 남자라고 생각하고 있잖아요? 각박한 현대사회에서 사랑을 지킨 유일한 파수꾼 홍우진. 호호호. (숨이 넘어갈 듯 웃는다)

남자　(소리친다) 그만 해!

처제   (웃음 거두고 쏘아보며) 지난 7년 동안, 병든 아내를 위해 직장 동료들과 술자리를 한 번도 같이 한 일이 없었다고요? 물론 그랬어요. 하지만 그건 언니 때문이 아니었어요. 형부에겐 숨겨둔 여자가 있었어요. 언니가 약 먹을 물을 뜨기 위해 온 힘을 다해 부엌으로 기어갈 때, 형부는 그 여자와 함께 침대에서 뒹굴고 있었어요.

남자   아니야, 그렇지 않아.

처제   (무시하고) 형부는 언니가 죽자, 홀가분한 마음으로 그 여자와 함께 여행을 떠났어요. 사람들은 언제나 형부편이지요. 아내를 잃고 얼마나 상심했으면 말도 없이 훌쩍 떠났을까? 형부는 그것까지 계산에 넣은 거예요. 이래도 내가 그냥 있어야 하나요?

남자   (불안한 듯) 장인어른과 장모님도 알고 계신가?

처제   아뇨! 엄마 아버지가 이 사실을 아시면 쓰러지실 거예요.

남자   (갑자기 비굴한 목소리로) 처제!

처제   ······.

남자   나도 그렇게 나쁜 놈은 아니야. 난 언니를 사랑했어. 처음부터 그랬던 건 아니야. 난 지쳤어. 그래, 지쳤던 거야. (동정을 구하듯) 난 고아로 큰아버지 댁에서 눈칫밥을 먹고 자랐어. 한 번도 등록금을 제 날짜에 낸 적이 없었어. 한 번도 내일을 걱정하지 않고 편안히 잠자리에 든 적이 없었어. 큰집 식구들과 식탁에 둘러앉아 식사를 할 때마다, 난 맵고 신 김치만

먹었어. 김이 모락모락 나는 갈비찜으로 나도 모르게 젓가락이 갈 때마다, 재빨리 방향을 바꾸곤 했지. 그게 눈칫밥이야. 난 누구보다 행복하게 살아야 된다고 생각했어. 춥고 배고프고 외로웠던 기억밖에 없는, 내 어린 시절을 보상 받아야 하니까.

처제 그래서 언니를 택했군요.

남자 그건 아니야. 사랑이었어.

처제 거짓말이에요. 형부는 처음부터 언니를 위해서 아무것도 하지 않았어요. 병든 아내를 간호하는 동안 지칠 수 있어요. 하지만 형부는 언니가 병으로 눕자마자 그 날로 언니를 버렸어요.

남자 난 누굴 위해 희생한다는 게 두려웠어. 그래, 난 조급했던 거야. 빨리 행복을 잡고 싶은데, 그게 어린 시절 놓쳐 버린 풍선처럼 자꾸 하늘 높이 올라가는 거야.

처제 희생이라고요? 천만예요. 희생한 쪽은 언니였어요. 형부가 아니라고요. 형부는 오히려 병든 언니 때문에 많은 덕을 봤어요. 형부는 무능한 사람이에요. 낭만적이고 철학적이라고요? 얼핏 보기엔 그럴지 몰라요. 하지만 그건 게으름과 무능함의 또 다른 표현에 불과하지요. 우리 집에서 왜 언니와 형부와의 결혼을 반대했는지 아세요? 형부는 부드러운 카펫이 깔려 있는, 고급 레스토랑엔 어울리는 남자일지 몰라도, 팔을 걷어붙이고 씩씩하게 일하는 공사장에선 작고 초라한 남자로 변하지요. 우리 부모님은 그걸 알고 계셨던 거예요. 병든 언니가 형부의 보호막이었어요. 형부처럼 나약한 남자가 이 생존경쟁에서 목덜미를 물어뜯기지 않고 견딜 수 있었던 건 언니의 병든 심장 때문이었어요.

(갑자기 다시 분노가 치민다) 형부의 천성적인 불성실 때문에 회사에 지각을 해도 사람들은 부드럽게 넘어가요. 저 남자한텐 밤새워 간호해야 하는 병든 아내가 있다, 그게 이유지요. 콧대 높은 여직원들도 다투어 형부한테 커피를 뽑아다 주지요. 물론 이런 특별대우도 형부 곁에 있는 병든 아내가, 그 아가씨들의 모성본능을 자극시켰기 때문이에요. 형부가 약속을 지키지 않아도, 병든 아내 때문이지, 형부탓이 아니에요. 점심식사 때마다, 동료들한테 얻어먹기만 하는 형부의 구두쇠 근성도 병든 아내의 약값 때문이라는 설득력을 갖고 있지요. 어디 그뿐인가요? 이 특별대우는 인사발령 때마다 더욱 빛을 발하지요. 누구도 형부를 나쁘게 이야기 하지 않아요. 아무도 형부를 경쟁자로 생각하고 있지 않으니까 관대한 거지요. 최소한 자기들은 형부처럼 병든 아내를 갖고 있지 않으니까, 얼마든지 너그러울 수 있는 거예요. 덕분에 형부의 승진은 고속도로를 질주하는 자동차처럼 빨랐어요. 앞에 어떤 장애물도 없었으니까.

(쏘아붙이듯) 형부는 언니의 병든 심장 덕에 마땅히 사회인이 해야 될 모든 의무가 면제된 거예요. 무능력, 몰염치, 게으

름, 불성실, 이 모두가 이해된 거예요. 형부가 자신의 행복을 빼앗은 장본인이라고 진저리를 치며 미워한 병든 언니가 형부의 방패막이었다고요, 아시겠어요?

(진정하려고 애쓰며) 이런 일도 있었지요. 형부는 우연히 길에서 만난 술집 여자와 노닥거리느라고 공금이 든 봉투를 잃어버렸어요. 그때 형부는 어떻게 변명을 했나요? 어젯밤 아내의 병이 갑자기 악화되어서 응급실 쫓아다니느라 제 정신이 아니었노라고. (비웃으며) 형부가 말한 그 어젯밤 형부는 집에 들어오지조차 않았어요. (사이) 형부는 언니 때문에 모든 걸 누리고, 언닌, 형부 때문에 모든 걸 잃었어요. 난 형부를 용서할 수 없어요. 이 말이 하고 싶어 여기까지 왔어요.

남자 (간절하게) 처제, 내가 잘못했어. 제발 날 좀 도와줘, 응? 이렇게 이렇게 빌게, 처제….

처제 그런 건 형부의 여자에게 부탁해야지요.

남자 (다급하게) 아니야, 아니야, 처제. 내가 잘못했어. 그 여자와 헤어질 게. 당장 헤어질 수 있어.

처제 (벌떡 일어나며) 가겠어요.

남자 (간절하게) 처제, 이렇게 돌아가면 난 어떡해? 난….

처제 두 번 다시 만나지 않겠어요.

처제, 나간다.

남자 (따라 나가며) 처제! 처제!

세라, 스프레이병 들고 와서 남자가 앉았던 의자에 치익치익 뿌린다.

세라　소금 대신이에요. (킁킁 냄새 맡고) 다행이에요. 꽃향기가 나요.

세라, 다시 앉아서 잡지 뒤적인다.

6

세상 모든 남자는 바람을 핀다

들어오는 지민과 애자

애자   (세라에게 아주 겸손하고 친근감 있게) 안녕하세요? 사장님, 호
호호….

세라, 목례

지민   엄마! 왜 그래?
애자   뭐?
지민   왜 그렇게 저자세야? (하다가 알겠다는 듯) 으음….

두 사람, 마주 앉고

지민   저 여자, 돈 많고 얼굴 이쁘고 그렇지?

애자   어떻게 알았니?

지민   그런 여자한테 엄만 무조건 굽신굽신….

애자   뭐야? 너.

지민   (OL) 커피 마시자.

  애자, 벌떡 일어난다.

애자   여기, 셀프야.

  애자, 커피 타러 간다.

애자   아유, 사장님은 어쩜 그렇게 피부가 좋으신지, 대리석 같아
       요. 반짝반짝 빛이 나요.

  세라, 옅은 미소
  애자, 커피 두 잔 들고 와서 앉는다.
  두 사람 마시며

애자   어떡할래? 내가 보기엔 좋던데….

지민   좋긴 하지.

애자   그럼 뭐가 문제야? 청약해. 교통도 좋고 학군도 좋고. 그러

니까 모델하우스에 사람이 바글바글하지. 주방은 완전히 예술이더라. 프로방스풍으로 로맨틱하고 실속도 있고.

지민   돈이 문제지~.

애자   뭐? 너, 돈도 없으면서 아파트 모델하우스 드나든 거야?

지민   응. 아이쇼핑 같은 거지 뭐. 대리만족.

애자   세상에, 바쁜 나까지 불러내서 겨우 아이쇼핑?

지민   엄마가 뭐가 바빠? 전업주부가?

애자   너도 전업주부야. 전업주부 무시하지 마. 얼마나 다양한 일을 해내는데.

지민   난 육아휴직 중이잖아? 잠시 전업주부가 된 거구, 엄만 평생 전업주부.

애자   너, 전업주부가 얼마나 대단한 직업인 줄 아니? 들어 볼래. 쥐꼬리 만한 월급 소꼬리로 늘려 사는 재테크 달인, 아파트 위층 층간소음 나면 케이크나 과일바구니 사들고 가서 애교 있는 웃음 발사하는 해결사, 아이들 아프면 바로 의사, 음식으로 계절을 식탁 위에 올리는 요리사, 봄이면 달래무침 냉이 된장국, 여름이면 오이 채썰고 토마토 반쪽 고명 없은 콩국수, 가을이면 추어탕, 겨울이면 얼음 사각거리는 동치미국수….

지민   아유, 알았어, 알았어. 대단한 직업이야. 전업주부!

애자   그럼, 난 자부심 있어. 자기 명함 갖고 돈 벌러 다니는 여자들, 하나도 안 부러워.

지민   아, 정말 부럽다.

애자   누가? 나? 전업주부?

지민   (픽, 웃으며) 오늘 본 아파트, 기세 좋게 청약하는 여자들.

애자   너, 김 서방이 돈 안 갖다 주니? 월급 니가 관리 안 해?

지민   그게 무슨 소리야?

애자   너희 맞벌이잖아. 연봉도 적지 않고 그런데 왜 돈을 못 모았어? 가만, 김 서방 바람 피니?

지민   엄마, 또 시작이다.

애자   얘 좀 봐. 세상에서 제일 믿지 못할 존재가 남자야. 김 서방 허우대가 멀쩡하고 말을 또 좀 잘하니? 기분파라 돈도 팍팍 잘 쓰고.

지민   그래서 엄마가 좋다고 그랬잖아?

애자   그거야, 그런 걸 모두 내 딸한테만 쓸 때 얘기지.

지민   걱정 마. 나한테만 쓰니까.

애자   넌, 좀 순진한 데가 있어. 내가 너무 곱게만 키웠더니, 가만? 지난번 보니 김 서방 빨간 넥타이 맸더라. 아니, 아니야. 지난번만이 아니라 매번 빨간 넥타이였어.

지민   그게 뭐 어때서? 원래 빨간색 좋아해.

애자   그게 신호야.

지민   무슨 신호?

애자   바람 피는 신호. 니 아버지도 갑자기 빨간 넥타이를 매기 시작했어. 빨간색은 너무 튀어서 딱 질색이라는 사람이. 빨간 양말까지 신더라. 바람 피우면서부터야. 멋지게 보이고 싶어서 안달이 난 거지. 그래, 김 서방도 바람피우는 거 맞아.

지민 (짜증) 엄마!

애자 (상관없다 이미 꽂혔다) 세상에, 내가 그럴 줄 알았어. 향수도 뿌리더라. 젊은 남자가 무슨! 늙으면 늙은이 냄새 없애려고 하는 수 없이 뿌리지만.

지민 스킨냄새야.

애자 어머? 무슨 스킨냄새가 그렇게 고급한 향기를 풍기니? 거봐. 바람 맞아. 자기만의 향기를 갖고 싶어 하면 여자가 생긴 거야. 너 동물의 왕국 보면 동물들도 자기 영역을 냄새로 표시하잖아. 냄새로 암컷을 유혹하고.

지민 엄마, 나 배고파. 밥 먹으러 가자.

애자 지금 밥이 문제니? 지민아. 부끄러워 할 거 없어. 난, 니 엄마야. 니 남편 그러니까, 내 사위가 바람피우는 걸 숨길 필요가 없단 말이야. 우리 같이 해결하자.

지민 엄마! 제발!

애자 괜찮아. 문제가 있으면 반드시 해결방법이 있어. 내가 니 아버지 바람피울 때마다 쫓아다니며 해결하느라 어느 정도 노하우가 있어.

지민 엄마, 김 서방 바람 안 펴. 걱정 마.

애자 그렇게 믿고 싶은 거겠지. 대부분 여자들은 그래. 침대에서 같이 뒹구는 걸 보지 않는 한 애써 외면하려고 해. 왜? 그래

	야 (가슴 치며) 내가, 내가 편하니까. 나도 그랬어. 처음엔 아니야, 아니야. 그럴 리 없어. 천지가 개벽해도 내 남편이 절대 그럴 리 없어 했지. 하지만 곧 깨달았어. 결국 내가 해결해야 된다는 걸.
지민	엄마, 세상 남자가 다 아버지 같지 않아.
애자	얘 좀 봐. 니 아버지가 무슨 특별한 남자라 바람피운 줄 아니? 니 아버지같이 평범한 사람이 어디 또 있을까? 평범한 외모, 평범한 샐러리맨, 평범한 말솜씨, 아, 그래, 어쩜 신발 문수까지 너무 평범한 265, 니 아버지는 세상 남자의 평균이야.
지민	엄마, 그런 말이 어디 있어? 너무 억지야.
애자	물론 니 아버지가 니들한테는 좋은 아빠였지. 허긴 그래서 내가 참고 살았지. 그것도 아니면 벌써 갈라섰을 거야. 아참, 김 서방 지난 주 목요일에 외박했지? 내가 너한테 전화했을 때 김 서방 그날 밤 안 들어온다고 했지?
지민	외박이 아니라 출장이야! 출장이라고 몇 번 말했어?
애자	무슨 출장이 달랑 1박 2일이니? 최소한 며칠은 걸려야 출장이지. 누구랑 갔다니?
지민	혼자 갔어. 이천공장 현황조사하는 거라, 간단한 건가 봐.
애자	세상에….
지민	또 뭐?
애자	김 서방이 회사일 얘기, 잘 안 하지?

지민　응.

애자　그런데 출장 가는 이유를 그렇게 구체적으로 얘기했다는 건 뭔가 구린 데가 있다는 거야. 너, 남자들이 딴 짓할 때 가장 애용하는 레퍼토리가 뭔 줄 아니? 상갓집, 출장, 병문안 이런 거야. 틀림없어. 김 서방, 여자하고 여행 갔다 온 거야. 1박2일 강릉이나 해운대로 여행 다녀오기 딱 좋은 시간이야.

지민　엄마, 밥 먹으러 가자. 내가 맛있는 거 사줄 게. 고기 먹을 까?

애자　너, 요즘 힘들구나.

　　지민, 의아한 표정으로 본다.

애자　너 같은 채식주의자가 고기를 먹자니. 너무 스트레스를 받아서 이빨로 뭔가를 막 물어뜯고 싶은 거야.

지민　(지쳤다) 어유, 내가 말을 말아야지.

애자　바람은 초장에 잡아야 해. 아주 확실하게. 난 초장을 놓쳤어. 그래서 니 아버지가 습관이 된 거야.

지민　엄마, 차라리 이혼해. 지금이라도.

애자　내가 미쳤나? 그동안 잘 참았는데 이 나이에 이혼녀 되기 싫다. 그리고 니 아버지 늙어서 옛날 같지 않아. 내 눈치를 슬슬 보면서 납작 긴다. 그러게 젊은 날 좀 잘하지.
　　　아무래도 내가 김 서방을 한 번 만나야겠다. 그 뭐냐? 독대.

지민   (쨱) 엄마!

애자   아유, 깜짝이야.

지민   엄마, 김 서방은 내버려 둬. 나한테만 해. 내가 다 들어줄게.

애자   애 좀 봐. 당사자가 김 서방인데 김 서방하고 얘길 해야지. 참, 지난 번 우리 집에 왔을 때 김 서방이 아주 탐스러운 장미다발을 들고 왔잖아. 등 뒤에 감췄다가 내 앞에 와서 불쑥 내밀고 씨익 미소 날리더라.

지민   엄마 생일이었잖아?

애자   그러니까, 그동안 줄기차게 내 생일마다 달랑 10만원 든 돈봉투 주더니 갑자기 무슨 꽃다발? 너무 자연스럽더라. 장미다발 내밀며 싱긋 미소 날리는 그 모습이. 많이 해 본 솜씨야. 너, 최근에 김 서방한테 꽃다발 받은 적 있니? 없지? 당연히 없겠지. 내가 요즘 꽃값 비쌀 텐데 뭐 하러 이런 걸, 했더니 김 서방이 뭐하고 했는 줄 아니? 단골가게라서 아주싸게 샀으니 걱정 마시라는 거야. 세상에, 꽃집이 단골이다. 이게 바람피우는 증거야. 그 여자한테 계속 꽃을 사다 바쳤다는 얘기 아니니?

지민   그 꽃집 나도 알아. 회사 단골이야. 김 서방 단골이 아니라.

애자   어유, 품위 있고 우아하고 근사하게 누리며 살라고 공주로 키웠더니 느닷없이 천사가 되었네. 너, 그렇게 김 서방을 감싸고 싶으니? 잘못을 했으면 매를 들어야지.

지민   엄마, 제발. 김 서방 바람 안 피우고 나를 너무너무 사랑해.

됐어? 믿어 좀!

애자 뭘 믿어? 남자를 믿느니 옆집 수캐를 믿으라고 했어.

지민 (폭발 직전) 어유, 엄마! 이러면 어때? 차라리 내가 바람을 피우면?

애자 그래야 숨통이 트인다면 펴. 까짓것, 가만? 너같이 반듯한 애가 오죽하면 그런 말을 하겠냐? 내 이놈의 김 서방을!

애자, 씩씩거리며 두 주먹 쥐고 나간다.

지민 (다급하게) 엄마! 엄마!

지민, 뛰어 나간다.

세라, 잡지 뒤적이는 손 멈추고 모녀가 뛰어 나간 문 바라보다가 픽 웃는다.

7

키스는 수학공식이 아니다

들어오는 민지와 시우
각자 자연스럽게 커피 만들어서 갖고 앉는다.
두 사람, 커피 마시며

민지   죄송해요.

시우   아니, 뭐, 갑자기 이러니까 좀 난감하긴 해요. 애인이 생긴
       것도 아니고 썸 타는 사람조차 없다면서 무슨 배짱으로?

민지   그냥.

시우   그건 할 말 없을 때 내미는 방패구요. 좀 솔직해 봐요.

민지   (말할 듯 하다가 포기) 입회비는 환불해 달라고 하지 않을 게
       요.

시우   그건 당연한 거구.

민지   정말 죄송해요.

시우   입회는 자유로운 의지로 결정하는 거지만 탈퇴는 계약조항
       에 맞아야 해요. 애인이 생겼을 때는 탈퇴할 수 있다.

민지   그게….

시우   거봐, 뭐 숨기는 거 있지요?

민지   (작은 소리로) 짝사랑….

시우   짝사랑?

  민지, 고개 끄덕

시우   언제부터?

민지   전부터 알았는데 사랑인 줄 몰랐어요. 보기만 해도 가슴이
       뛰고.

시우   아니, 그럼. 그 남자를 볼 때마다 가슴이 뛰는데, 그걸 심장
       병으로 알았다는 거예요? 뭐예요? 이렇게 느려 갖고, 9시와
       10시에 다른 사람의 감정을 어떻게 잡아요? 사람의 감정은
       새 같다고요. 잡힐 듯 하면 호로록 날아가고, 체념하면 앞에
       와서 알짱거리고. (커피를 물처럼 마시고) 지금, 그 어느 때보
       다 내가 필요해요. 이런 중요한 시기에 탈퇴라니 정신이 있
       어요? 없어요? 허긴, 민지 씨가 좀 맹해 보이더라. 그래서
       연애 못한다고 생각했는데…. 아이구, 미안해요.

민지   아니에요. 그런 소리 많이 들어요.

시우   연애를 시작도 못 하는 사람, 번번이 연애에 실패하는 사람,
       늘 연애를 갈망하지만, 막상 기회가 오면 목줄 끊은 맹견이
       달려오는 것처럼 뒤도 안 돌아 보고 도망치는 사람, 이런 사
       람들을 위해 나 같은 연애코치가 필요한 거예요. 민지 씨가
       우리 솔로탈출 클럽에 가입하러 왔을 때 나는 한눈에 알아봤
       어요. 저 여자한테는 내가 꼭 필요하겠구나, 바로 지금이 그
       타이밍이에요.

민지   죄송해요.

시우   아유, 그 말 좀 그만 하고, 자신 있어요? 같이 시작하는 감정
       도 아니고, 혼자 짝사랑?

민지   없어요.

시우   아유, 답답해 미치겠네. (큰 소리로) 여기 냉수~ (하다가)

   시우, 일어나 냉수 한 잔 들고 다시 앉는다.

시우   (냉수 단숨에 마시고) 자신도 없으면서, 도움도 필요 없다?

   민지, 고개 끄덕

시우   알았어요, 나도 더 이상 진 빼기 싫어요.

민지   죄송해….

시우   (OL, 손 내저으며) 아, 알았어요, 탈퇴하세요. 대신 입회비는

환불 안 돼요. 그리고 이 달 회비는 내야 해요.

민지 네.

시우 참 알다가도 모르겠네. 지금이 딱 내가 필요한 시기인데 (민지 보고) 나, 가요. 다음 약속 있어서. 아, 같은 시기에 우리 클럽에 가입한 혜숙 씨 알지요?

민지 네.

시우 지금 진행이 아주 잘되고 있어요. 곧 청첩장 찍을 것 같아요.

민지 잘 됐네요.

시우 그러니까 내 말이, 아유, 관둬야지. 말도 알아듣는 사람한테 해야지. 아니 혜숙 씨보다 예쁘기를 해요? 늘씬하기를 해요? 직업도 그 쪽은 대기업 대리, 민지 씬 중소기업 계약직 사원, 그런데도 혼자 힘으로 해보겠다니. 계란으로 바위를 깨부수겠다는 것보다 더 무모한 도전이라니까.

민지 죄송….

시우 (벌떡 일어나며) 아이구, 그 소리 또 들으면 미칠 것 같아요. 나, 가요.

시우, 휘익 나간다.

민지, 커피 마신다.

세라, 쿠키 접시 들고 와서 마주 앉는다.

세라 먹어봐요. 딸기잼을 넣어서 달콤해요. 난 마음이 고단할 때마다 단 걸 먹어요.

민지   잘 먹겠습니다.

　　민지, 쿠키와 커피 마신다. 그 모습 미소로 바라보는 세라

민지   사장님도 제가 답답하시지요?

　　세라, 고개 젓는다.

민지   여기서 제가 두 번 소개팅을 했잖아요?

　　세라, 고개 끄덕

민지   두 번 다 잘 안됐어요. 제가 부족해서.

세라   내가 보기엔 그 두 남자가 다 시력이 나쁜 것 같았어요.

민지   네?

세라   마음의 시력. 겉모습만 보는 시력은 시력이라고 할 수 없어
　　　　요. 진짜 아름다운 건 마음으로 찾아야지요.

민지   그렇게 위로해 주시니 마음이 편해져요.

세라   위로라니요? 진실이에요.

민지   사실 겁나요. 누군가를 사랑한다는 게.

세라   (고개 끄덕) 누구나 그렇지요. 갑자기 내가 밤에 잘 때 이불을

걷어차는 나쁜 습관이 있는데 어쩌나. 파를 못 먹어서 음식 먹을 때마다 다 건져내고 특히 파를 잘게 썰어서 건져낼 수도 없는 볶음밥은 아예 못 먹는데, 그 남자가 볶음밥 시키면 어쩌나. 클래식보다는 어딘지 느슨하고 헐렁하고 자유스러운 힙합 좋아하는데 날 고상하지 않다고 하면 어쩌나. 평소에는 아무렇지 않은 것들이 누군가를 사랑하면 다 걱정거리가 되지요.

민지　(반가운) 어머, 다들 그래요? 저만 그런 게 아니었어요?

세라　그럼요. 그래서 사랑은 어려운 거예요. 그런데 내 목숨도 걸 수 있는 사랑이 너무 쉬우면 안 되잖아요? 무지개도 십오 분 이상 뜨면 더 이상 무지개가 아니듯이. 사랑은 어렵고 두렵고 조심스러워야 사랑이란 말을 붙이지요.

민지　네에, 저, 그 남자 사랑해요 그래서 사랑의 품격을 지키고 싶어요. 누구의 코치를 받고 연극하고 싶지 않아요. 제 진심만 보이고 싶어요.

세라　멋진 생각이에요.

민지　사장님한테 이렇게 응원을 받으니 힘이 나요. 저, 잘할 수 있겠지요?

세라　그럼요.

민지　사실…. (머뭇거린다)

　　세라, 부끄러워하는 민지를 위해서 기다려 준다.

민지　저, 그 남자하고 입맞춤했어요. 아니, 저 혼자요. 그 남자는
　　　잘 몰라요. 그 남자, 우리 옆 부서 윤 대리에요. 우연히 우리
　　　부서하고 같이 회식을 했는데, 그 남자 술을 많이 마셨어요.
　　　아니, 그 남자 평소에 술 많이 마시고 막 취하는 그런 남자
　　　아니에요.

　　세라, 미소 짓는다.

민지　그 날은 그 남자가 우수사원상을 받았어요. 그래서 축하주가
　　　그 앞으로 많이 간 거예요. 이차로 노래방을 갔는데 거기서
　　　제가 그 남자 입술에 제 입술을 살짝 댔어요. 어디서 그런
　　　용기가 생겼는지 저도 깜짝 놀랐어요. 노래방 불빛은 어두웠
　　　고 다른 사람들은 노래하고 춤추느라 정신없고 그래서, 저,
　　　웃기지요?
세라　아니에요. 누구나 그럴 수 있어요.
민지　사장님 같은 고상한 분도요?
세라　저라면 아주 확 덮쳐 버리고.
민지　어머, 어머!

　　두 사람, 웃는다.

민지　그때 알았지요. 사랑은 코치가 필요 없다는 걸. 제 연애담당

코치가 그랬거든요. 아, 사장님도 보셨지요? 방금 나간….

세라   네.

민지   연애담당 코치가 키스에 대해 이렇게 설명했어요. 스킨십 중에 가장 정직한 게 키스라고요. 다른 건 좋아하는 척 가짜로 할 수 있지만, 키스만은 그럴 수 없다고요. 키스는 사랑의 분석표를 제대로 내놓는다고요. 이 사람이 나를 사랑하나? 안하나? 그 뿐만 아니라 전에 몇 명의 연인을 갖고 있었는지 연애취향은 어떤지 다 알 수 있다고요. 근데 아니었어요.

세라   어떻게?

민지   키스가 아니라 단지 입술이 닿았을 뿐인데 갑자기 현기증이 나면서 온 몸이 붕 뜨는 것 같았어요. 종소리도 딸랑딸랑 들리고, 어디선가 바다에 몇 번 빠졌다가 나온 듯한 해초냄새 훅 끼치는 바람도 불고, 막 울고 싶기도 하고, 한마디로 정신을 차릴 수가 없었어요. 그런데 뭘 분석할 수 있겠어요? 그래서 탈퇴를 결심했어요. 물론 그 방법이 나쁘다는 게 아니에요. 다만 저한테는 맞지 않는다는 거지요.

세라, 손 내민다.
민지, 어리둥절한 표정으로 본다.

세라   악수해요, 우리.

민지   아, 네. 제가 이렇게 둔해요, 느리고.

두 사람, 악수한다.

세라   둔하고 느린 거, 참 예쁜 장점이에요. 앞으로 잘 되길 빌어
        요.
민지   네. (숨 크게 들이 마시고) 잘 해 볼래요. 근데 그 남자가 저,
        싫다고 하면 어쩌지요? 아, 아니, 그건 생각 안 할래요. 제가
        할 수 있는 최선을 다하고 그리고 그 다음 일은 그 다음에
        생각할래요.
세라   그래요.
민지   (일어나며) 그만 가볼 게요. 점심시간 다 끝났어요.
        이 쿠키 싸 가도 돼요?
세라   그럼요.
민지   그 남자가 애들 같이 이런 걸 좋아해요.
세라   잠깐, 기다려요.

세라, 예쁘게 포장된 쿠키상자 들고 와서 내민다.

민지   (감동) 사장님….
세라   (속삭이듯) 파이팅!
민지   파이팅!

민지, 테이블 정리하고 커피값 유리상자 안에 넣고 나간다.

세라, 음악 튼다. 슈베르트의 들장미

들어오는 수홍와 용수, 커피 타 들고 마주 앉는다.

수홍　(나직이) 여긴 셀프야. 공짜로 마셔도 돼. 아, 이런 부담 없는
　　　　카페가 내 주변에 서너 개쯤 있으면 무지 행복할 텐데.

용수　형, 나 빨리 들어 가봐야 해. 점심시간 끝났어.

수홍　니가 이렇게 융통성이 없어서 내가 연시클럽에 가입시킨 거
　　　　야. 너 영업사원이야. 고객 만나러 간다고 하면 지금 퇴근해
　　　　도 누가 뭐라고 그럴 사람 하나 없어.

용수　형이 고객은 아니잖아?

수홍　아유, 내가 말을 말아야지. 그래, 너 바른생활 사나이다. 근
　　　　데 연애의 시작, 연시 클럽은 왜 탈퇴한다는 거냐? 연애에
　　　　대해 아는 거라곤 그대는 여자, 나는 남자, 이것밖에 모르는
　　　　녀석이. 니가 학교 후배만 아니라면 네에, 그렇게 사세요,
　　　　앞으로도 쭈욱 혼자 사세요 할 텐데. 이래서 이 사회는 학연
　　　　이 중요하다니까. 그런데 오직 감사함으로 날 찬양숭배해도
　　　　시원치 않을 판에 탈퇴를 하겠다구?

용수　형 마음은 잘 알아. 고맙구. 근데 관둘래.

수홍　왜? 이유나 좀 알자.

용수　사실, 나 좋아하는 여자가 있어. 아직 아무 말 못했어.

수홍　뭐? 얼마나 됐는데?

용수　일 년.

수홍　일 년? 너, 여자가 된장고추장인 줄 아냐? 묵힌다고 더 맛난 줄 알아?

용수　그냥 떨려서 말을 할 수가 있어야지. 괜히 말 꺼냈다가 서로 어색한 사이 되면 어떡해.

수홍　어색하면 안 보면 되지 뭐가 문제야? 연애의 시작에 최고의 걸림돌은 혼자 소설 쓰며 주저하는 거. 그냥 남자답게 확 부딪혀 보는 거야. 안 되면 말구, 혹시 같은 회사냐?

용수　응….

수홍　회사 그만 둘 수도 없고, 먹고 사는 문제가 걸려 있는데, 그래서 사내연애는 위험부담이 많아. 그런 걸 왜 해? 아니지, 아직 시작도 안 했지?

용수　응.

수홍　그럼 때려 쳐, 내가 좋은 여자 소개해 줄게.

용수　(단호한) 아니! 이제 제대로 시작해 보려고.

수홍　어떻게? 매일 비싼 장미바구니 보내고, 지금은 밤 2시입니다. 당신 생각에 잠 못 이루고, 이딴 편지질이나 하고, 저쪽에서 걸어오면 기둥 뒤에 숨어서 안녕! 혼자 인사하고.

　용수, 픽 웃는다.

수홍　웃어? 니 주변머리로는 이것도 안 될지 몰라.

용수　맞아. 근데 나 혼자 아니야.

수홍 뭐? 너 또 그 뭐냐, 사랑의 힘 어쩌구 하려면 그 입 다물라.

용수 그 사람이 내게 용기를 줬어. 나무인형 피노키오가 사람이 된 것처럼 내게 생기를 불어넣어 줬어.

수홍 (농담조로) 뭘루? 맑은 공기로? 아니면 적금 타서 너 다 줬냐?

용수 입맞춤.

수홍 뭐? 잠자는 숲속의 공주 깨운, 그 입맞춤?

용수 응.

수홍 뭔 소리를 하는 거야? 그럼 여자가 먼저 덤벼들었단 말이야. 이건 아닌데.

용수 덤벼들긴 누가? 참 이상하지, (부르는) 형.

  수홍, 저게 또 무슨 소리하려는가? 본다.

용수 나, 그때 정신없이 취해 있었는데 갑자기 어디선가 화한 박하냄새가 나며 아니 달콤한 꽃향기 같기도 하고, 장미향? 릴리향? 프리지아향?

수홍 장미향으로 하고, 빨리 진도나 나가.

용수 누군가가 내 입에 입맞춤을 했어.

수홍 그 여자 고수 아니냐?

용수 아니, 그 사람 심장이 얼마나 뛰는지 밖으로 튀어 나오면 어쩌나 걱정했어.

수홍	이래서 문과 심장을 가진 놈들은 이과 가야 된다니까. 그래야 밸런스가 맞지. 그게 다 큰 놈이 할 소리냐?
용수	술이 확 깨고 정신이 번쩍 났어.
수홍	그래서 벌떡 일어나서 확 눕혔냐?
용수	(나무라는) 형~.
수홍	아, 알았어, 계속해.
용수	손가락 하나 까딱 할 수 없었어. 그냥 죽은 듯이 가만 있었어. 그 사람이 누구라는 걸 알고는, 갑자기 눈물이 핑 도는 거야. 그 사람 눈치챌까 봐 악착같이 참아냈어, 눈물 흐르는 거. 다행히 그 사람이 얼른 몸을 일으키고 저쪽으로 숨어 버렸어.
수홍	가만, 그러니까 그 여자가 니가 일 년 동안 바라보기만 했다는?

용수, 고개 끄덕

| 수홍 | (커피 마시고) 니들 타임머신 잘못 타고 여기 온 거 아니냐? 원래는 조선시대 사는 고을 원님 외동딸과 과거시험 준비하는 착실한 양반집 둘째 아들. |

용수, 픽 웃는다.

수홍　그래, 인연이다. 잘 해봐라. 연애의 시작은 뭐니뭐니 해도
　　　진실이지, 테크닉이 아닌 알맹이.

용수　형, 고마워.

수홍　고맙긴, 축하한다.

용수, 테이블 정리하고 커피값 유리상자에 집어 넣는다.

용수　형, 나 모른 척 해야 하지?

수홍　당연하지. 그럼 당신이 도둑키스로 내 마음을 훔쳤으니 평생
　　　나 책임지시오, 할 거냐?

두 사람, 마주 보고 웃고 나간다.

그 모습 바라보는 세라, 세상은 왜 이렇게 포근하고, 따뜻한지, 햇솜처럼

찐 달걀처럼….

8

삶이 그대를 속일지라도

비 오는 오후

들어오는 인성과 혜수

자리에 앉으며

인성 아 차라리 생맥주집에 가자니까.

혜수 여기가 조용해서 얘기하기 좋아.

인성 (눈으로 세라 가리키며) 우리 얘기 다 듣잖아.

혜수 저 여자, 우리한테 관심 없어. 아마 세상 모두에게 관심 없을
     걸.

인성 왜?

혜수 지금 처음 보는 여자가 누구한테 관심 있고 없고가 중요해?
     하던 얘기 계속해. 적극적으로.

인성	커피 안 마셔?
혜수	안 마셔도 돼.
인성	저 여잔 자선 사업하냐?
혜수	왜? 저 사장한테 관심 있어?
인성	사장이야?
혜수	관심 꺼! 그래서? 그 돈을 쓰겠다구?
인성	다 쓴다는 거 아니야. 천만 원만….
혜수	기가 막혀서 십만 원 줄게. 당신 좋아하는 돼지껍데기에 소주 실컷 사먹어, 친구들 불러서.
인성	(단호하게) 아니, 나 유럽여행 갈 거야.
혜수	지나가는 개가 웃겠다.
인성	그런 모욕적인 발언, 법적으로 걸리는 거 몰라?
혜수	고시공부했다고 툭하면 법, 무슨 법?
인성	명예훼손죄!
혜수	당신에게 훼손될 명예나 있어?
인성	사회적 지위가 명예가 아니야. 한 사람 한 사람 자체가 존엄성이 있고, 명예로운 존재야.
혜수	아, 됐고! 여보, 우리가 로또된 건 다 내 기도 덕분이야. 내가 얼마나 간절하게 기도했는 줄 알아?
인성	그럼, 왜 일등이 안 되고 이등에 당첨된 거야?
혜수	교만해질까 봐. 우리가 감당할 만큼만 주신다고.
인성	난 돈이 많을수록 감당이 잘 되는데…. 대체 뭐라고 기도한

거야? 이왕 할 거면, 딱 집어, 일등 당첨되게 해 주세요, 했어야지.

혜수 그럼, 하나님이 피곤하셔. 모두들 뭐 주세요, 뭐 주세요 하는 주세요 기도만 하는데, 나까지 그러면 안 되지. 난 이렇게 기도했어. (두 손 모으고) 하나님, 살기가 너무 팍팍하고 힘듭니다. 숨이 막힙니다. 숨 좀 쉬고 싶습니다. 하나님, 청량한 바람, 달콤한 햇살, 촉촉한 단비가 제게 절실히 필요합니다.

인성 뭐? 그러다 진짜 바람과 햇살과 비만 주시면? 아, 딱 지금 날씨네. 바람 불고, 비 오고, 햇살은 구름 뒤에 얌전히 숨어 있을 거고.

혜수 여보, 제발 딴 생각 마. 복권,당첨된 돈 1억, 아유, 1억, 그동안 내가 언어로 표현한 것 중에 가장 달콤한 말. 1억~.

인성 그래, 달콤하니까 달콤하게 써야지. 나 유럽여행 갈 거야. 공평하게 당신도 천만 원 써, 당신도 당신하고 싶은 거 해. 백화점에 가서 폼 나게 쇼핑을 하든지, 아니면 여행을 가든지. 아, 그래 당신은 아메리카로 가면 되겠네. 그 뭐냐? 리처드 기어 나오는 영화, 줄리아 로버츠도 나오고.

혜수 귀여운 여인.

인성 그래, 거기 뉴욕 가서 줄리아 로버츠처럼 맘대로 쇼핑하라고.

혜수 당신 치매야? 아니면 건망증 환자야? 우리 아파트 반은 은행 꺼야. 한 달마다 꼬박꼬박 나가는 이자가 얼만데? 나, 그것

때문에 하루 하루가 행복하지 않았어.

인성 지금처럼 갚아 나가면 돼. 내 월급도 올랐잖아?

혜수 물가는 날개 달린 토끼 걸음인데, 당신 월급은 낮잠 자는 거북이걸음, 현실 파악을 해 제발!

인성 다 쓴다는 게 아니잖아? 천만 원만.

혜수 대출금 남은 게 딱 1억이야. 세상에, 하나님이 계산도 정확하시지. 그 바쁘신 양반이 어떻게 내 대출금 금액까지 기억하시고 더도 덜도 아닌 1억 원을 당첨되게 하셨을까? 이번 기회에 내 불행의 원인을 확실하게 다 털어 버릴 거야.

인성 여보, 나 그동안 너무 힘들었어. 직장이란 곳은 출근시간 2호선 지하철 안 같아. 꼼짝달싹 할 수 없고, 숨이 턱턱 막히고, 그렇다고 항의할 수가 있나? 그럼 당장 내리면 될 거 아니에요? 하는 소리 들려올 테고, 그런 곳에서 자그마치 20년을 버텼어. 당신과 소라를 위해서.

혜수 나는? 결혼하기 전 내 초록빛 수첩에는 워드워즈 시와 내가 좋아하는 파스터 맛집과 멋진 여행지, 이런 것들로 가득 찼어. 그런데 결혼하고 나서부터 대출금 이자 싼 은행, 우리 동네 대형 슈퍼마켓 소 잡는 날, 물리치료 잘 하는 병원, 백화점과 지하 슈퍼마켓 떨이 세일하는 시간… 이런 것들만 자리 잡고 있어. 병든 시어머니 약값과 용돈, 학비 나가야 하는 시동생… 아, 물론 이게 내 불만은 아니야. 당신을 사랑하는 게, 무슨 의미인 줄 알고 결혼했으니까. 당신만 데려 오는 게 아니고, 당신 주변, 당신 인생까지 함께 내게 오는 거라고 생각했으니까.

인성   그래서 내가 당신한테 얼마나 고마워하는 줄 알아?

혜수   여보, 당신도 힘들었지만 나도 힘들었어. 나 꼭 재래시장 가서 장 봤어. 당신도 알지? 단지 싸다는 이유로 집 근처 편한 백화점 싹 무시하고 세 정거장 되는 영천시장 가서 장 봤어. 물론 버스비 아끼려고 악착같이 걸어 다녔고.

인성   그래서 당신이 날씬한 거 아니야. 당신 처음 본 그 날, 그 몸매 그대로 유지하고, 당신 몸매처럼 내 사랑도 처음 본 그 날처럼 신선하게 유지되고 있어.

혜수   당신, 자동차 세일하면서 말솜씨 많이 늘었다. 진심이 안 담긴 말은 유희야. 언어의 유희, 상대에 대한 몰염치, 아유, 안 되겠다, 커피 한 잔 마셔야지.

혜수, 커피 한 잔과 물컵 하나 갖고 온다.

인성   이거 또 나눠 먹자구?

혜수   커피를 배불리 먹을 필요는 없잖아.

인성   이렇게 아껴서 부자되고 싶어?

혜수   아파트 장만했잖아? 아, 물론 반은 은행 꺼지만.

혜수, 커피를 물컵에 반 따르고 커피 잔은 인성 앞으로 자신은 물컵에 담긴 커피를 마신다.

혜수 영천시장 길모퉁이에 작은 커피집이 있어. 장보러 갈 때마다
      그 커피집에서 음악처럼 흘러나오는 진한 향의 커피 냄새,
      갑자기 훅 허기를 느낄 만큼 커피가 마시고 싶어.
인성 마시지 왜?
혜수 오천오백 원이면 고등어가 한 마리야. 운 좋은 날이면 삼치
      도 살 수 있어. 그 앞에서 커피 냄새로 허기를 채우고 돌아
      설 때마다….
인성 슬펐어?
혜수 아니, 내가 대단했어. 사랑과 미래가 있었으니까.
인성 그래, 여보, 당신의 사랑과 미래가 간절히 유럽여행을 하고
      싶어. 제발 나 한번만 봐주라. 대학시절 친구녀석들은 다 배
      낭여행 떠나는데, 나는 방학 내내 알바 하느라 하늘 한 번
      쳐다 볼 수 없었어. 나도 나한테 보너스를 주고 싶어. 수고했
      다 하며 어깨 한 번 두드려 주고 싶어.
혜수 그걸 왜 비싼 유럽여행으로 하냐고. 제주도는 안 될까?
인성 프랑스 몽마르뜨 언덕에서 두 팔 벌리고 바람을 쏘이고 싶
      어. 자유롭게.
혜수 바람을 피우고 싶은 건 아니고?
인성 그런 거 아니야. 나한텐 휴식이 필요하고 매일 보는 거리가
      아닌, 날 가슴 뛰게 하는 낯선 거리를 보고 싶어. 이 가슴이

다시 설렘으로 뛰는 걸 느끼고 싶어. 그래야 다시 출근 시간 지하철 2호선 안 같은 직장에서 견딜 수 있을 것 같아. (간절히) 여보.

혜수 당신, 혼자 가야 해?

인성 응. 당신이랑 가는 게 싫어서가 아니라, 나만의 시간이 절실히 필요해. 여보! 제발 부탁이야. 내가 더 열심히 뛸 게.

혜수 그럼, 유럽 말고 중국이나 일본은 어때? 제주도는 싫다고 그랬으니까.

인성 서유럽에 가 보고 싶어. 로마의 휴일에 나오는 트레비 분수에서 아이스크림도 먹고 싶고, 파리 에펠탑 밑 풀밭에 누워서 밤하늘을 올려다보고 싶고, 영국의 버킹검 궁전 앞에서 왕자처럼 말 타고 사진 한 장 찍고 싶고.

 혜수, 웃는다.

인성 왜?

혜수 그거 십대 청소년들이 하고 싶은 거 아니야?

인성 바로 그거야. 나 잠시라도 소년으로 돌아가고 싶어. 양 어깨 위에 아무 것도 누르는 게 없는, 새털처럼 가볍게.

혜수 당신, 많이 힘들었구나.

인성 미안해. 당신도 많이 힘들었을 텐데.

혜수 알았어.

인성 (반가운) 그 말 뜻은?

혜수 다녀와.

인성 여보, 고마워! 정말 고마워! (눈물 핑 돈다)

혜수 당신, 울어?

인성 아니, 울긴.

혜수 그동안 당신, 수고 많았어.

인성 당신도 수고했어. (서두르며) 빨리 나가자.

혜수 왜? 커피 남았는데 마시고 가.

인성 빨리 비행기 티켓팅 하고 선글라스도 사고, 모자도 사고, 모
      자는 파나마모자가 근사하겠지? 체크무늬 남방셔츠도 사고,
      아, 그래, 청바지 입고 가야겠다. 청바지에는 흰 셔츠가 어울
      리는데….

혜수, 인성의 들뜬 모습 보며, 공연히 가슴이 뭉클해진다.

인성 왜? 아무래도 안 되겠어?

혜수 아니, 진즉에 보내줄 걸.

인성 (감격) 여보!

뛰어 들어오는 소라. 손에 신문 들려 있다.

소라 한참 찾았어.

혜수   왜? 배고파?

인성   우리, 맛있는 거 먹으러 가자.

소라   엄마 아빠는 나만 보면 배고프냐고 물어 보네. 그게 아니라
       (울상)

인성   왜? 우리딸 누구랑 싸웠어?

소라   (신문 내밀며) 이거 봐!

혜수   (신문 받아서 보며) 뭐?

소라   로또복권!

인성   (긴장) 복권이 왜?

소라   우리 번호, 지난주 당첨된 번호야, 231호. 이번 건 232호….

인성   무슨 소리야?

    인성, 혜수가 들고 있는 신문 빼앗아서 들여다본다.

    혜수, 털석 주저앉는다.

소라   엄마!

    소라, 혜수를 일으킨다.

인성   그러니까 지난 주에 당첨된 번호를 이번 것으로 잘못 알고,
       그럼, 꽝이네.

인성, 휘청거린다. 가까스로 다리에 힘주고 서있다.

혜수　여보, 어떡해? 유럽여행, 미안해.

인성　당신이 왜? 괜찮아, 짧지만 참 행복한 꿈을 꿨어, 그게 어디야?

혜수　여보, 내가 어떡하든 당신 유럽여행 보내줄 게. 지금 당장은 아니더라도 언젠가 꼭.

소라　엄마, 이번 방학 때 나 유럽여행 보내 줘. 대학생 된 기념으로다.

혜수　얘가 무슨 헛소리야?

소라　아빠는 되고, 왜 나는 안 돼? (조르는) 엄마아~.

인성　소라야, 아빠가 보내줄 게.

소라　정말?

인성　그럼, 까짓것 언젠가.

소라　그 언젠가가 언제야?

인성　나도 모르지. 자 우리 돼지껍데기에 소주 한 잔 마시러 가자.

세 식구, 서로 어깨동무하고 나간다.
세라, 그 모습 오랫동안 바라본다.

세라　최근에 본 것 중에 가장 아름다운 그림이네요.

9

우리는 살면서 때로는 빚진 자가 된다

작은 케이크 상자 들고 들어오는 희수

희수 (들떠서) 사장님! 이것 좀 드셔봐요.

세라 웬 케이크예요?

희수 제가 만들었어요. 드디어!

세라 (반가운) 그래요? (먹어 본다)

희수, 잔뜩 긴장한 표정으로 세라를 바라본다.

세라 오우! 맛있어요. 달콤한 뭉게구름을 먹는 거 같아요. 사르르
      녹아요.

희수 (손뼉 치며 좋아한다) 정말요? 그럼, 저도 설탕뿌린 뭉게구름

을 한 조각 먹어 볼까요? (먹는다) 맛있다. 누가 만들었지?

두 여자, 마주 보며 웃는다.

세라   희수 씨가 처음으로 완성한 케이크를 선물 받은 기념으로,
           커피는 제가 준비할 게요. 앉으세요.
희수   고마워요. 사장님.

희수, 앉는다. 세라 커피 두 잔 들고 와서 마주 앉는다. 케이크와 커피
먹으며

희수   정말 꿈만 같아요. 아니, 기적 같아요. 제가 이렇게 맛있는
           빵을 만들 수 있게 된 게.
세라   희수 씨가 만든 쿠키는 또 얼마나 맛있는데요.
희수   달콤한 뭉게구름?
세라   (장난스럽게 고개 저으며) 연인들의 첫 키스처럼 감미로운?
희수   어머, 어머. 그럼 그 쿠키 이름을 첫 키스라고 할까요?

두 여자, 마주 보며 웃는다.

희수   이게 다 애나 씨 덕분이에요. 하늘나라에서 남편이 보내 준
           천사 같아요. 애나 씨가 없었으면, 저, 아직도 방구석에서

두 무릎에 얼굴 묻고 울기만 하고 있었을 거예요.

세라 장해요. 희수 씨.

희수 남편이 제 곁을 떠난다는 걸, 단 한 번도 생각한 적이 없어요. 아침에 다녀올 게, 하고 나간 사람이 그렇게 돌아올 줄을….

세라 (희수의 손 잡아준다.)

희수 심장마비라니요, 그렇게 건강한 사람이. 나쁜 꿈을 꾸고 있는 거라고 생각했어요, 눈만 뜨면 된다고, 아무 일도 없다고. 현실을 마주했을 때, 그냥 숨이 턱 막히는 게 남편을 따라 죽고만 싶었어요, 민준이가 없었다면 그랬을 거예요. 하지만 전, 엄마인 걸요. 어떡하든 살아야 하는데, 살아내야 하는데, 그 방법을 모르겠는 거예요. 너무 막막하고 두렵고 아프고 남편을 원망했어요. 그렇게 예고도 없이 일찍 떠날 거면 나한테 너무 잘해 주지 말지. 뭐든지 다 해주는 슈퍼맨 같은 남편이 되지 말지, 난 좋은 남편 덕분에 아무 것도 할 줄 모르는 여자였으니까요. 항상 남편이 그랬어요. 당신은 아무 것도 하지 마. 그냥 내 곁에 있으면 돼. 그것으로 충분해. 그래 놓고 그렇게 훌쩍 가버리니 정말 뭘 어떻게 해야 할지….

세라 그래도 잘 이겨냈어요.

희수 애나 씨 덕분이에요. 참 이상한 일이지요. 저같이 아무 것도 할 줄 모르는 여자가 빵집을 시작한 게. 저도 신기해요. 빵

냄새를 맡으면 참 행복하다고, 이 다음에 나이 먹으면 예쁜 빵집을 하고 싶다고 했더니, 남편이 지금 하면 되지 하는 거예요. 민준이도 곧 중학생이 되니까, 따라 다니지 않아도 되고, 그래서 용기를 내봤는데 정말 빵집이 내 앞에 있는 거예요. 마치 잿더미속의 아가씨, 신데렐라를 아름다운 공주로 변신시켜 무도회에 가게 만든 요술할멈의 지팡이처럼. 내 생활 속에서 요술이 일어난 것 같았어요. 남편의 도움이 컸어요. 지금 생각하면, 어쩌면 남편이 자신의 운명을 예감하고 저 혼자 민준이 데리고 씩씩하게 살아 내라고 빵집을 차려주고 떠난 것 같아요.

세라 　우리 카페 옆에 예쁜 꽃집이 생기더니 또 그 옆에 아주 로맨틱한 프로방스 풍의 빵집이 생겨서 참 좋았어요. 빵집 이름이 '티파니에서 아침을'이라 더욱 좋았지요. 오드리 햅번이 나오는 영화 속에서 티파니는 보석가게인데, 빵집과도 어울리는구나, 그런 생각을 했어요.

희수 　제가 오드리 햅번을 참 좋아해요.

세라 　저도 좋아해요. 겉과 속이 다 아름다운 배우지요.

희수 　빵집을 열고 후회도 많이 했어요, 너무 힘들어서. 빵냄새를 맡으면 행복하다는 이유로 빵집을 해서는 안 된다는 걸 알았지요. 최소한 빵을 만들 줄 알아야 한다는 걸 너무 늦게 깨달았어요. 빵 만드는 기술자는 제 말을 잘 안 듣고, 툭하면 그만 두겠다는 말이나 하고 정말 혼자 많이 울었어요. 이 빵집이 앞으로 민준이와 제가 살아가는데 유일한 생계수단인데 문 닫을 수도 없구요. 그때 애나 씨가 왔어요. 정말 쨘~하고 나타난 거 같았지요. 월급 올려 달라는 베이커리 기술자가 아무 말 없이 출근을 안 해서 어찌 할 바를 모르고 있는데, 빵을 사러 웬 젊은 여자가 들어 왔어요. 빵이 없다고 하니까 가만히 서 있다가 그러더군요. 제가 취직자리를 구하는데요. 그래서 제가 물었지요. 빵 만들 줄 알아요? 그 여자가 네, 하고 힘차게 대답을 하더군요. 그 여자가 애나 씨였어요. 저는 애나 씨처럼 빵과 쿠키를 맛있게 만드는 사람을 본 적이 없어요. 월급이 너무 적어서 늘 미안했어요. 조금 올려줘야지 생각할 때마다, 어떻게 제 마음을 알아채고 이렇게 말하고는 했어요. 나중에 한꺼번에 많이 올려 주세요.

세라   참 고운 사람이군요.

희수   네. 그런데 갑자기 저한테 빵과 쿠키 만드는 법을 전수해 주겠다는 거예요. 진정한 빵집 주인이 되려면 무슨 빵이든 만들 줄 알아야 한다고. 전, 못한다고 했지요. 반죽도 못 해서 늘 손과 얼굴에 묻히다가 끝내고 말았거든요. 하지만 애나 씨 고집을 꺾을 수가 없었어요. 애나 씨 말이 맞기도 했구요. 빵집 주인이 빵 냄새에 행복할 수만은 없지요. 애나 씨는 참 혹독하게 가르쳤어요. 너무하다싶을 정도로 엄격하고 무서운 선생님이었어요. 그래서 싸우기도 많이 싸웠어요. 어느 날은 너무 힘들어서 제가 밀가루 포대를 집어 던지며, 당장 나가라고도 했어요.

세라　그런 일이 있었어요?

희수　(고개 끄덕) 근데 나갈 수 없다고 하더군요. 자기는 누굴 가르 치다가 중간에 포기한 적이 없다고요. 그건 선생으로서 가장 큰 수치라고요. 그래서 다시 시작하고, 너무 힘들어 달아나 고 싶으면, 민준이 얼굴을 떠올리고….

　　희수, 커피 마신다. 그 모습 보는 세라

세라　이거 제가 먹어 본 빵 중 최고예요.

희수　고맙습니다. (눈물 글썽) 정말 고맙습니다. 제가 힘들 때 힘이 되어 주셨어요.

세라　제가 뭘….

희수　빵집 문 앞에서 쭈그리고 앉아 우는 날이면, 항상 사장님이 절 일으켜 세워주셨지요. 그리고 따뜻한 커피 한 잔 내주시 고. 누군가한테 위로 받는다는 기분은 잘 차려진 저녁상을 받는 것 같았어요. 든든했어요.

세라　제가 고마워요.

　　들어오는 애나

애나　안녕하세요?

세라   네, 어서 오세요.

    세라, 일어나 자기 자리로 가고 애나 그 자리에 앉는다.

희수   커피?

애나   방금 마셨어요. 근데 왜 여기서 보자고 하셨어요?

희수   으응 . 커피 한 잔 마시며 좀 쉬자구. 갑자기 단체 주문 들어
    와서 당근케이크 10상자나 만드느라고 힘들었잖아?

애나   사장님이 다 하셨잖아요?

희수   (으스대듯) 그래, 이번엔 내가 좀 했지?

애나   네.

희수   고마워.

애나   그런 말, 그만 하세요.

희수   만날 말로만, 그지?

애나   그런 뜻 아니에요.

희수   알아. 나중에 한꺼번에 많이 올려줄 게. 아니 근사한 아파트
    사 줄까?

애나   지금 당장 쓰는 거 아니라고, 너무 많이 나가시는 거 아니에
    요?

희수   그런가?

    두 여자, 웃는다.

애나, 가방에서 노트 한 권 꺼낸다.

희수　그게 뭐야?

애나, 노트 희수 앞으로 민다.

희수　나, 가지라고?

애나, 고개 끄덕

희수　뭔데?

희수, 노트 펼쳐 보다가, 놀란 표정으로 애나 바라본다.
애나, 고개 끄덕인다.

희수　말도 안 돼. 아니야. 나 이거 안 받을래.

노트, 다시 애나 쪽으로 미는 희수

애나　사장님~.
희수　(고개 흔들며) 몰라, 몰라.

애나, 잠자코 그 모습 바라본다. 아주 슬픈 눈빛으로.

희수, 고개 멈추고 그런 애나 바라보다, 울컥 눈물이 난다.

애나도 눈물 흘른다.

희수   알아. 내 욕심이라는 거, 언젠가는 애나 씰 떠나보내야 한다
       는 거. 그동안 많이 참아줬어.

애나   아니에요.

희수   그래, 가. 애나 씨 하고 싶은 일 해.

애나   고맙습니다.

희수   고맙긴 내가 고맙지.

애나   (노트 가리키며) 여기에 레시피 다 적어 놨어요. 버터, 기름,
       밀가루, 설탕 등 도매상도 적어 놨구요. 이제는 사장님 혼자
       하셔도 충분해요. 바쁜 시간에는 아르바이트생 쓰시고.

희수   그래, 해보지 뭐. 아니 해 내야지 아주 잘.

애나   그럼요. 사장님 잘 하실 거예요.

희수   언제 떠날 거야?

애나   다음 주 목요일에요.

희수   그렇게 빨리? 아, 아니야. 가고 싶을 때 가. 지난 번 말한
       프랑스 파리로 떠날 거야? 이모님이 계시다고 했던가?

애나   네.

희수   너무 멀다. 부산 정도면 어떻게 참아 보겠는데, 아, 아니야.
       나, 괜찮아. 민준아빠도 떠나보내고 이렇게 씩씩하게 잘 살

고 있는데 뭐, 한국 오면 나 보러 올 거지?

애나, 대답 없다.

희수　왜? 아주 안 오려고?
애나　　아니에요. 올 게요.
희수　그래, 꼭 와.

희수의 휴대폰 울린다.

희수　(받는다) 그래, 민준아. 뭐 (웃음 터트린다) 알았어. 엄마 안
　　　웃어. 안 웃는다니까. 그래, 지금 갈 게.

희수, 휴대폰 닫는다.

애나　민준이한테 무슨 일 있어요?
희수　내가 민준이 때문에 웃어. 좋아하는 여자애한테 생일초대 받
　　　았는데, 선물 같이 고르재. 여자가 여자 마음 안대나?
애나　어머, 그런 말을 할 줄 알아요?
희수　암튼, 요새 애들은 너무 빨라.
애나　얼른 가보세요.
희수　그래, 오늘 저녁 우리 집에서 먹자. 애나 씨 좋아하는 해물찜

해 놓을 게. 와인도 한 잔 하고.

애나　네.

희수, 나간다.
애나, 일어나려다가 다시 앉으며

애나　(조심스럽게 부른다) 사장님.

세라, 다가와서 앞에 앉는다.

애나 (머리 숙이며) 감사합니다.

세라, 잠자코 본다.

애나　그 날, 사장님이 저와 동건 씨를 본 날이, 우리의 마지막 날
이었어요. 우리 헤어지기로 하고, 그 날 제가 동건 씨를 집까
지 데려다 줬어요. 동건 씨가 술을 좀 많이 마셨어요.

세라, 고개 끄덕

애나　마지막 키스라 더 뜨겁고 절절했어요. 사장님이 우리 모습을
봤다는 걸 알고 당황했지만 한 마디도 할 수 없었어요. 사장

님, 고맙습니다. 끝까지 비밀을 지켜 주셔서요.

세라 커피 한 잔 할래요?

애나 (고개 흔들고 잠시 망설이다가) 대학을 졸업하고 대기업에서 체인점으로 운영하는 빵집에서 근무하다가 부모님의 도움으로 작은 베이커리를 차렸어요. 제 전공이기도 했고 제가 빵 만드는 걸 아주 좋아했거든요. 동건 씨가 첫손님이었어요. 직장이 근처라고 하더군요. 그 뒤 가끔씩 들렀지요. 점심시간에 샌드위치를 사 가기도 하고, 퇴근시간에 아내와 아들이 좋아한다고 치즈케이크를 사가기도 하고, 어머니 생신이라고 생크림케이크를 사가기도 했어요. 참 자상한 남자구나. 저런 남자의 아내는 얼마나 행복할까? 그런 생각을 했어요. 제가 사랑하고 있는 남자는 너무 이기적이고 차갑고 자기밖에 몰랐거든요. 하필 왜 그런 남자를 사랑하냐고, 친구들이 타박을 줄 때마다 내 팔자야, 하면서 웃어 넘겼어요. 그런 남자인 줄 알면서도 사랑하는 건 정말 바꾸기 힘든 운명이라고 생각한 적도 있었지요. 그런데 어느 날 그 남자가 이별을 통보해 왔어요. 휴대폰 문자로요. 아주 간결하게. 이제 그만 만나자.

세라, 일어나 물 한 잔 들고 와서 앞에 놔준다.

애나 (물 마시고) 이유도 몰랐지요. 대학 일학년 첫 미팅에서 만난 첫사랑이었어요. 그 남자와 한 모든 게, 처음이었지요. 늦은 밤 길모퉁이 찻집 앞에서 고소하고 향긋한 커피향을 맡으며 키스를 했고, 잠깐 착각을 했지요. 고소하고 향긋한 게, 찻집에서 흘러나오는 커피향이 아니라, 키스 냄새라고. 한 남자를 위해 밤새도록 서툴지만 최선을 다해 김밥을 만들기도 했고, 강원도 깊은 산으로 면회를 가기도 했지요. 연인이 아니라 어머니 마음이 돼서 그 험한 길을 무서워하지도 않고, 힘들어 하지도 않고, 떡을 해 가기도 하고, 통닭을 서너 마리 데리고 가기도 했어요. 군대 선임들에게 가능하면 예쁘게 웃어 보이고 동기들에게 떡을 돌리며 잘 부탁드려요, 했지요. 대학 사년동안 아르바이트 해서 가난한 그를 참 열심히 도왔지요. 그런데 그가 대학을 졸업하고 취직을 하자마자, 얼마 안 돼서 제게 이별을 통보했어요. 마치 택배기사님이 몇 시에 배달 간다는 문자처럼 너무 건조해서 먼지바람이 일어날 것 같았어요. 제가 생각하는 이별은 아프고 또 아파서 영하의 날씨에 벌거벗고 서 있는 것처럼, 온 몸이 덜덜 떨리고 눈물이 쉴 새 없이 흐르고, 발걸음이 차마 안 떨어져 땅바닥만 내려다보고 있는 그런 거였는데, 문자라니. 처음에는 장난인 줄 알았어요. 그런데 아니었어요. 그 남자가 집안 좋은 여자와 결혼한다고 들은 날, 빵집 문을 잠그고 술을 마셨어요. 아, 이게 술이 아니라 독이었으면 하는 마음으로.

그때 누군가가 빵집 문을 두드렸어요. 아마 불빛이 새어 나

갔나봐요. 문을 열었더니 단골손님 동건 씨가 서 있었어요. 아들아이 생일인데 깜빡 했다고 케이크를 사러 왔다고 하더 군요, 왜 그랬는지 모르겠어요. 따뜻한 무엇이 너무 그리워 서 그랬을까요? 갑자기 눈물이 걷잡을 수 없이 쏟아지는 거 예요. 엉엉 울었지요. 동건 씨는 아무 말 없이 저를 끌어 당 겨 안아줬어요. 토닥토닥 제 등을 두드리는 위로의 손길을 느끼며 저는 제 편이 있다는데 안도했어요. 그 뒤 그는 더 이상 단골손님이 아니었어요. 제 우주가 되었지요.

세라   많이 힘들었겠어요?

애나   네, 아, 아니요. 행복했어요. 많이 행복했고 가끔씩 괴로웠 어요. 저 참 나쁘지요?

세라, 잠자코

애나   하지만 동건 씨는 달랐어요. 그는 많이 괴로웠고 가끔씩 행 복했지요. 우리는 헤어지기로 했어요. 그가 저를 많이 사랑 한 거 알아요. 하지만 사랑의 무게가 삶의 무게를 이길 수는 없지요. 그 날 사장님이 우리를 본 날이 마지막 밤이었어요. 그리고 그 다음 날 아침, 그가 출근길에 쓰러져 영원히 마지 막이 된 걸 알았지요.

세라   그런데 어떻게 그 빵집에서 일할 생각을 했어요?

애나   동건 씨의 아내와 아이를 본다는 게 몹시 두려워서, 차마 빵집을 들어 갈 수가 없었어요. 며칠 동안 빵집을 빙빙 돌았지요. 그런데 저러다가는 곧 문을 닫게 되고 말겠구나, 그런 생각이 들었어요. 다행히 제가 도울 수 있었어요. 저는 빵과 쿠키를 만드는 건 자신 있었거든요. 그때처럼 제 재능에 감사한 적이 없었어요. 그의 아내와 아이가 행복하게 살았으면 하는 마음이 너무 간절해서 용기가 생겼어요.

세라, 말없이 애나의 손을 잡는다.

애나　사장님처럼 좋은 이웃이 있어서 안심이 돼요. 그동안 고마웠습니다.

애나, 일어나 인사하고 나간다.
그 모습 바라보는 세라, 공연히 눈물이 핑 돈다. 커피 한 잔 타서 들고 자리에 앉는다. 창문 너머, 밖의 풍경에 시선 던진다.
사랑이 참 아프다.

10

여자는 과학이 아니다

들어오는 태우, 커피 타서 들고 와서 자리에 앉는다. 가방에서 신문 꺼내 뒤적인다.

들어오는 기철, 역시 커피 타서 들고 와서 태우와 대각선 자리에 앉는다.

기철, 커피 한 모금 마시고 주머니에서 담뱃갑을 꺼내 한 개비 뺀다. 라이터가 없다. 태우를 바라본다.

태우, 기철에게 다가와 작은 소리로 말한다.

태우 여긴 금연입니다.

기철 (놀라며) 아, 네에. (급히 담배를 담뱃갑에 넣으며) 감사합니다. 셀프는 알았는데 금연은 미쳐….

태우, 미소 보이고 다시 제자리로 가서 앉는다.

기철, 무료한 표정으로 두리번거리다가 태우에게

기철   저어, 신문 다 보셨으면….
태우   아, 네.

  태우, 일어나 신문 갖다 준다.
  기철, 일어나 받는다.

기철   아이구, 이화일보네요.
태우   보셨어요?
기철   네, 제가 유일하게 보는 신문이지요.
태우   누구 기다리세요?
기철   아닙니다, 그냥 커피 한 잔 하러 왔어요.
태우   앉아도 될까요?
기철   아, 그럼요.

  두 사람, 마주 앉는다.

기철   누구 기다리시나요?
태우   네, 여자친구요.
기철   아, 네. 보기 좋습니다. 곧 오겠군요?
태우   글쎄요. 운이 좋으면 30분정도 기다릴 겁니다. 저는 개인사
       업을 해서 시간이 넉넉한 편이고, 제 여자친구는 퇴근시간이
       일정치 않아요.

기철 회사생활은 늘 빡빡하지요. 특히 퇴근시간은 지킬 수가 없어요. 야근이다 뭐다, 어느 날 사무실 창밖에 파란 하늘이 불쑥 눈에 들어 왔는데 갑자기 책상 위에 서류로 종이접기 비행기를 만들어 그 파란 하늘을 향해 쏘아 올리고 싶더라구요. 자유가 그리운 날이었지요.

태우 하하하, 멋지십니다. 혹시 지금도 자유가 그리워서, 혼자 커피 한 잔 하러 오셨나요?

기철 글쎄요. 사랑을 끝낸 기념이라고 할까요.

태우 혹시 여자친구랑 헤어졌나요? 아, 실례된 질문을 했습니다.

기철 괜찮습니다. 여자는 정말 모르겠더군요. 2년을 만났는데 갑자기 제가 뒤뚱뒤뚱 오리걸음을 걸어서 싫다는군요. 핑계치고는 창의력이 매우 부족하지요?

태우 또 실례되는 질문을 하는데, 어떤 여자분이었나요? 이별의 이유가 너무 독특해서 궁금해지는군요.

기철 글쎄요. 제가 나쁜 여자한테 끌리는 스타일인가 봅니다. 예민하고, 조급하고, 다른 사람은 신경 쓰지 않고, 명품이라면 사족을 못 쓰고, 분위기 좋은 고급 레스토랑에서 스테이크와 와인을 즐겨 먹고, 그동안 저한테는 커피 한 잔 사는 일이 없었습니다. 자기 자신밖에 모르는 여자였지요. 아, 물론 일방적으로 제가 차였기 때문에 엄격한 잣대를 들이댈 수도 있지만, 주위에서도 우려의 시선을 보내기는 했지요. 하지만 전, 좋았습니다. 제멋대로인 게 귀엽고, 재잘재잘 쉴 새 없이 떠드는 게 종달새 같고, 또 여름 날씨처럼 변덕스러워서 항상 절 긴장시켰거든요. 스릴이 있다고나 할까? 너무 편하면 곤약처럼 닝닝하고 안방장롱처럼 아무 감흥도 못 주잖아요? 물론 예쁘기도 했고요. 하지만 이제 정신이 좀 드는 것 같습니다. 작은누나 말처럼 헤어지게 된 게 다행이라는 생각이 스멀스멀 들기 시작했으니까요.

태우 술이 있으면 축배라도 들어야 될 것 같군요. 사랑은 서로를 힘들게 하지 않고 발전시키는 겁니다. 잠재된 능력을 끄집어내서 상대방을 눈부시게 만드는 것, 일방적이고 퍼주는 피곤한 사랑은 식초 같지요. 몸과 마음을 조금씩 부식시키는. 사랑도 건강한 사랑을 해야 합니다. 그런 뜻에서 (커피잔 들며) 축배를. 아, 제가 또 너무 앞서 갔군요. (고개 숙이며) 제가 위로에 서툽니다. 실례가 됐습니다.

기철 아, 아닙니다. 멋진 분을 만나서 오늘 저녁이 즐겁습니다. 여자 친구는 어떤 분인가요? 물론 좋은 분이겠지요.

태우 네, 제 이상형입니다. 너무 늦게 만난 게 안타까울 뿐입니다. 생텍쥐페리의 어린 왕자에 이런 말이 나오지요. 사막에서 만난 여우와 어린 왕자의 대화는 길들이기에 관한 것이지요. 처음에 우리는 서로에게 수많은 사람 중에 한 사람, 그저 그런 사람이지만, 네가 나를 길들인다면 나는 너에겐 이 세상에서 오직 하나밖에 없는 존재가 된다.

기철 저도 그 구절을 아주 좋아합니다. 두 분 서로 길들이는 중인가요?

태우 (고개 끄덕) 네, 아주 정성을 다해서.

기철 그 여자분, 참 행복한 분이군요 좋은 남자친구를 만나서. 어떤 분인가요? 이상형이라고 하셨는데….

태우 소박하고 말수가 적고 배려심이 남달라 제가 깜짝깜짝 놀라고는 하지요. 할머니 할아버지가 무거운 짐을 들고 다니는 걸 못 봅니다. 언제나 달려가 짐을 들어 드리지요. 상냥한 미소를 지으며. 아, 헤어진 여자친구가 명품을 좋아했다고 했지요?

기철 네, 표현에 인색한 그 여자가 저를 향해 사랑한다고 두 팔을 벌리며 달려와 안길 때는, 제가 명품 핸드백이나 시계를 선물했을 때이지요.

태우 제 여자친구는 명품을 아주 싫어합니다. 마치 바퀴벌레처럼 질색을 합니다. 제가 핸드백을 하나 선물했는데, 바로 백화점에 가서 반품했습니다. 힘들게 버는 돈, 이런 식으로 함부로 쓰지 말아요, 하더군요. 참 알뜰하지요. 냄비우동, 떡볶이, 찐만두 이런 걸 좋아해요. 저는 주로 얻어먹는 편이랍니다. 어찌나 빨리 지갑을 빼는지, 베풀기를 좋아해요. 아프리카 기아를 돕는 아동기구에 매달 30만 원씩 꼬박꼬박 보냅니다. 점잖고, 의젓하고, 어떨 때는 큰누이 같아요.

기철 아, 감동스럽군요.

태우 사실, 처음에 저는 여자친구를 좀 오해했습니다.

기철 아니? 왜요?

태우 우리가 처음 만난 곳이 유명미술품 경매하는 곳이었거든요.
여자친구 옷차림도 화려했구요.

기철 그런 곳이라면 돈이 꽤 있어야 관심이 있을 텐데요.

태우 그 날 제 여자친구는 지인 따라 구경삼아 왔고, 저는 그림에
관심이 많습니다. 화가를 꿈꾼 적이 있었지요. 집안의 반대
로 경영자가 되었지만.

기철 혹시 금수저?

태우 하하하, 직설화법이 이렇게 유쾌할 수도 있군요. 중소기업
이지만 꽤 탄탄한 회사를 여러 개 갖고 있습니다. 물론 제가
이룬 게 아니라, 할아버지께서 하신 일이지요.

기철 저는 흙수저입니다. 돈이 많았으면 할 때도 있지만, 대체로
만족하며 살고 있지요. 흙수저가 잘 살아 내는 방법은 절대
남하고 비교하지 않고 꿋꿋하게 마이웨이를 가는 거지요. 아
주 긍정적인 마인드로.

태우 정말 멋지십니다. 금수저 흙수저 이런 단어를 왜 만들었는지
모르겠습니다.

기철 저도 같은 생각입니다. 마치 편 가르기처럼요. 어깨동무를
하고 함께 가야 긴 인생의 여정이 아름답고 즐거울 텐데….

태우 저어, 오늘 같이 저녁식사 할 수 있을까요? 술도 한 잔 하고.

기철 저하고요? 여자친구는요?

태우 셋이 같이 해요. 정말 오랜만에 이야기가 통하는 분을 만났
습니다.

기철   저도 그렇습니다. 아, 우리 아직 통성명을 안했군요. 저는 (하는데)

문 열리면서 자영 들어온다.

태우   아, 제 여자친구가 왔어요, 오늘은 운이 좋았습니다. 겨우 삼십 분 지났는데….

자영과 기철, 서로를 바라보며 얼어붙은 표정. 태우 그 모습을 보며

태우   아니 왜? 혹시….

조명 오프(off)
그 위에 쏟아지는 햇살처럼 맑고 경쾌한 오버 앤 오버, 나나무스쿠리

1막 끝

2막 시작

음악… 나온다… 체인징 파트너
세라, 화사한 프리지아와 안개꽃 한 다발 들고 들어와 꽃병에 꽂는다.

11

오래된 연인은 떡볶이를 좋아한다

양손에 큰 비닐봉지 질질 끌고 들어오는 유선, 커피 한 잔 만들어서 들고
자리에 앉는다. 심호흡.
역시 양손에 큰 비닐봉지 들고 들어오는 재영, 유선의 맞은편에 앉는다.
재영, 유선의 앞에 놓인 커피 마시려는데
유선, 재영의 손 내려친다.

재영   치사하게, 헤어진다고 하니까, 니 커피 내 커피 가리냐? 좀
        마시자.

유선, 셀프코너 턱으로 가리킨다.

재영   됐어. 안 마셔. 다 갖고 왔어?

유선　그래, 정말 치사한 건 너야. 그냥 각자 알아서 버리든지, 태우든지 없애면 될 걸, 뭐 그 동안 준 선물들 다 갖고 나오라구? 기가 막혀서, 하나 같이 조잡스럽고 싸구려들. 어쩜 돈 되는 건 하나도 없더라.

재영　누가 할 소리? 한 번 볼래?

　　재영, 비닐봉지에서 물건 꺼내기 시작

재영　초등학생도 이런 건 안 받는다.

　　유선도 꺼낸다. 인형, 지갑, 화장품, 액자, 양말, 머리핀 등등

유선　나도 마찬가지야.
재영　밥이나 먹으러 가자.
유선　빨리 끝내.
재영　너무한 거 아니냐? 우리가 함께 한 시간이 얼만데.
유선　8년, 고등학교 3년, 재수기간 3년, 대학교 2년.
재영　하, 8년, 고등학교 입학식 때 강당에서 처음 본 넌 참 예뻤지. 순간의 선택이 평생을 좌우한다는데, 이제라도 정신 차려서 다행이다.
유선　누가 할 소리, 좋은 시절 다 낭비했어.
재영　나도 억울해. 왜, 너하고만 다녔는지. 친구녀석들처럼 양다

리도 걸치고 좀 더 버라이어티 한 연애를 했으면 지루하지 않았을 텐데.

유선 그래서? 너무 지루해서 사람들 많은 데서 우리 관계는 여고 동창생 같다고 했어? 만나서 수다 떨고 밥 먹고 그게 다라고.

재영 왜 나한테만 뒤집어 씌워? 넌, 긴장도 안 되고 떨리지도 않고 아무 감흥도 없다고 했잖아? 매일 가는 헬스클럽처럼 습관이라고.

유선 그건 사실이잖아? 말 나온 김에 한번 해 보자. 우리 스킨십 한 지가 얼마나 됐니?

재영 하, 여자가 부끄러운 줄도 모르고, 이래서 우리가 안 된다는 거야. 기대가 있고 설렘이 있어야 하는데 그냥 다.

유선 다! 뭐?

재영 서로 다 알잖아. 양파껍질같이 하나 하나 벗기면서 미지의 세계로 들어간다는 신비감으로 심장이 졸아드는 긴장, 그게 연애의 정석이야.

유선 너, 수학의 정석도 제대로 못 풀어서 재수에 삼수까지 했어. 그런 주제에 무슨 연애의 정석?

재영 이것 봐. 너, 날 무시하잖아. 사랑은 상대방을 존중하는 데서 부터 시작하는 거야. 기본이 흔들리는데 뭐가 되겠어?

유선 넌, 날 존중해서 매번 1시간 늦게 약속 장소에 나타나냐? 그것도 어슬렁어슬렁. 늦은 이유도 뭐? 게임하는데 조금만 더 하면 그날의 왕이 될 수 있어서 그랬어?

재영 니가 게임의 세계를 몰라서 그래. 날이면 날마다 그런 찬스가 오는 게 아니란 말이야. 그렇게 이해심이 부족해서. 연애의 정석, 원은 설렘, 투는 이해심의 극대화야.

유선 됐고! 앞으로 잘 살아. 여자 만나면 이런 구질구질한 선물하지 말고, 좀 감동받을 수 있는 걸로 하고.

재영 너도 잘 살아. 그 승질에 많이 노력해야 될 거다.

유선 뭐?

유선, 앞에 놓인 곰인형 들고, 재영을 마구 때린다.

재영 (두 팔로 막으며) 아유! 아유~

곰인형에서 소리가 난다. 녹음된 유선의 목소리.
알라뷰우, 니가 내 꺼라는 게 너무 좋아. 너무 행복해. 알라뷰우우~~.
유선, 놀라서 곰인형으로 때리는 걸 멈춘다.
두 사람, 괜히 쑥스럽다.

유선 내가 미쳤나봐.

재영 나도 미쳤지. 매일 밤 이 소리 듣고 자야만 잠이 왔으니까. 니가 옆에 같이 누워 있는 것 같아서 좋았는데.

유선 무슨 소리야? 내가 왜 니 옆에 누워? 나 조신한 여자야.

재영, 씨익 웃는다.

유선   (대들듯) 뭐? 뭐?

재영   밥이나 먹으러 가자.

유선   지금 밥 생각이 나니? 8년 연애, 끝내는 순간에?

재영   아쉬워?

유선   (펄쩍) 미쳤니? 시원해. 빙수 열 그릇 먹은 것처럼 시원해 죽
        겠다.

재영   잘 살아, 승질 죽이고.

유선   너도. 너만 알지 말고, 배려라는 것도 좀 하고.

재영   가자.

유선   그래.

재영과 유선, 선물들 다시 비닐봉지에 넣는데, 세라, 샌드위치와 우유
들고 와서 테이블 위에 내려놓는다.

세라   내가 먹으려고 만들었는데 제법 맛나요. 먹어 봐요.

재영   아유, 감사합니다.

유선   잘 먹겠습니다.

세라, 다시 자기 자리로 가고,
재영, 유선 앞의 샌드위치 접시를 제 앞으로 끌어서 오이 뺀다.

재영　나, 손 닦았어.

유선　누가 뭐래?

재영　(다시 접시 밀어 주며) 오이 뺐으니까 먹어, 오이도 못 먹는
　　　여자, 내가 뭐 좋다고 그랬는지.

유선　그래, 나 오이도 못 먹는 여자다.

재영　우유 마시면서 천천히 먹어. 괜히 흥분해서 체하지 말고.

두 사람, 샌드위치와 우유 먹는다. 무심코 재영이 팔꿈치로 쳐서 넥타이
바닥으로 떨어진다.

유선, 넥타이 집어서 다시 테이블 위에 놓는다.

재영　이거, 니가 나 대학 입학식 날 하라고 선물했지. 입학식에
　　　양복 쫙 빼입고 온 멍청한 놈은 나뿐이었어. 대부분 청바지
　　　에 티셔츠 그 위에 점퍼나 코트를 무심하게 하나씩 걸친 듯
　　　안 걸친 듯 아주 청춘스럽게 입고 왔는데 나만 꼬마신랑처
　　　럼, 창피해 죽는 줄 알았어. 다 너 때문이야.

유선　또 나? 왜?

재영　니가 선물한 넥타이를 꼭 하고 싶었거든 대학 입학식 날, 그
　　　래서 하는 수 없이 양복 입었지.

유선　아버지 양복?

재영　아니, 형 양복.

유선　그 날 너, 멋있었어.

재영 정말?

유선 응.

두 사람, 잠시 마주 본다. 그러다 생각난 듯 샌드위치와 우유, 허겁지겁
먹는다.

유선 (머리핀 보며) 이 머리핀 잃어버려서 며칠 동안 찾아다닌 거
      생각나네.

재영 그랬어? 그거 학교 앞에서 산 거야. 나비모양이 너무 예뻐
      서, 니 생각이 나더라. 비싼 거 아닌데 뭐 하러 며칠씩이나.

유선 니가 선물한 거잖아. 신당동 떡볶이 집에서 찾았어.

재영 우리 거기 잘 갔지? 그러고 보니까 내가 너 좋은 거 한번
      못 사줬네. 만날 때마다 떡볶이, 순대, 짜장면….

유선 내가 그런 거, 얼마나 좋아하는데.

잠시 아무 말 없이 먹기만

재영 근데 이 양말은 뭐야? 내가 너한테 양말도 선물했냐? 가만,
      이거, 남자 양말 같은데. 너 잘못 갖고 온 거 아니야? 내가
      니 말대로 아무리 아이디어 빈곤이라도 너한테 남자 양말을
      선물할 리가 없잖아? (양말 들고) 니 오빠 양말 아니야?

유선 니 양말이야.

재영 뭐? 내가 신던 양말을 너한테 선물로 줘? 그건 아니다.

유선 (우유 마시고) 생각 안 나? 울 엄마 돌아가셨을 때, 니가 장지까지 따라 왔잖아. 2월이라 산속이 매섭게 추웠지. 나는 엄마 돌아가신 거, 현실로 받아들일 수 없어 소리치고 울기만 했지. 근데 참 이상하더라. 네가 내 뒤에서 나를 지켜보고 있다는 게 위안이 됐어, 근데 갑자기 니가 양말 벗어서 들고 나한테 왔잖아. 그리고 내 앞에서 두 무릎 꿇고 나한테 니 양말 신겨줬잖아. 나 그때까지 내가 맨발이라는 것도 몰랐어. 추위에 통통 부은 내 발이 네 양말 속으로 쏘옥 들어가자, 얼마나 따뜻했는지, 지금도 그 느낌 생생하게 기억해.

재영 아, 그 양말이었어? 오래 간직했네. 그땐 정말 눈에 뵈는 게 없었어. 니가 흰 고무신을 신고 있는데, 맨발이더라. 그것만 보였어. 어른들 계신데 내가 그런 행동을 했다는 게 놀라웠지만 정말 니 맨발만 보였어. (갑자가 울컥한다) 니가 얼마나 슬프게 우는지, 나도 큰 나무 뒤에 서서 엉엉 울었어.

유선 (양말 집으며) 이건 내가 가져도 되지?

재영, 고개 끄덕

재영 이 넥타이 내가 가져도 돼?

유선 응.

유선, 우유 마시다가 사래 걸려 기침한다. 재영, 재빨리 손수건 꺼내 닦아준다.

재영 앞으로 손수건 갖고 다녀.

유선 왜?

재영 내가 없잖아.

유선 니가 왜 없어? 어디 가?

재영 아니.

유선 그런데 왜?

재영 나 있어도 돼?

유선 응. 나 무서워.

재영 뭐가?

유선 니가 없으면 나 무서울 거 같아. 컴컴한 밤길 혼자 걷는 것처럼.

재영 (갑자기 신이 난다.) 그래, 너 무서움 엄청 많이 타지? 놀이공원 가서도 바이킹 절대 못 타고, 회전목마만 타잖아.

유선 나, 바이킹 탄 적 있어. 니가 나 꼭 안아줘서.

두 사람, 눈 마주친다.

갑자기 눈물이 핑 돈다. 이 남자와 헤어질 생각을 하다니.

이 여자와 헤어질 생각을 하다니….

유선   신당동 떡볶이 먹고 싶어.

재영   그래 가자. 순대도 먹고.

유선   튀김도 먹고.

두 사람, 급하게 비닐봉지에 선물 담고 일어난다.

다시 선물 담은 비닐봉지 끌고 나가는 두 사람, 뒷모습이 경쾌하다.

세라, 그 모습 미소로 지켜보다가 테이블 정리한다.

12

악마는 프라다를 입는다

들어오는 선희와 진주

선희   커피?

진주   아니, 나 그냥 물 마실래.

선희, 커피 타고, 진주, 물 한 잔 들고 자리에 앉는다.

진주   저 사장님은 언제나 우아해. 여기 올 때마다 백조 한 마리가 앉아 있는 것 같아 깜짝깜짝 놀란단 말이야.

선희   (픽, 웃으며) 그야 결혼 안했고 애도 없으니 당연한 거 아니니? 우리 봐라. 우리도 처음부터 이런 종자는 아니었잖아? 결혼하고부터 목소리 커지고 체면한테 누구세요? 생까고.

진주 허긴, 너 여고시절에 참 고상했지, 애늙은이처럼.

선희 칭찬을 하려면 제대로 해. 애늙은이는 뭐냐?

진주 이제 동창회 그만 나올까봐.

선희 너도? 나도 그래. 아파트 얘기 아니면 할 얘기가 없는 것 같더라.

진주 남편 자랑질들은 또 어떻고?

선희 잘 나가는 남편인데, 그만한 자랑은 해줘야겠지. 정아는 어떻게 그런 남편을 만났대니? 걔 별로였잖아. 독일어 첫 입문 데얼 데스 뎀 덴 디 데어 데어디 다스 데스 뎀 다스 디데어 덴디 인가? 그걸 한 달 동안 못 외워 매일 화장실 청소했잖아?

진주 공부 머리 하고 남자 꼬시는 머리가 같니? 암튼 여우야, 여우! 내숭 백! 너, 그 스카프 어디 꺼니? 좋은데.

선희 프라다. 남편이 생일선물로.

진주 와, 니 남편 근사하다.

선희 배포는 좀 있는 편이지. 그밖에는 다 꽝.

마주 보고 웃다가
커피와 물 마신다. 뭔가 할 말 있는데 머뭇거리다가

선희 진주야

진주 응?

선희   나, 고민 많이 했어. 이런 말을 해야 되나 말아야 되나.

진주   애는, 친구 사이에, 편하게 말해.

선희   저기, 그래, 숨기는 것보다 낫지. 그건 내 양심이 허락 안 해. 우리 시아버지 말이야.

진주   (바싹) 응.

선희   약간 치매끼 있어. 뭐 아주 약간이지만.

진주   결국 진행될 거 아니니?

선희   (격하게 동조) 그럼, 그럼. 그래서 걱정이야. 거기다 아주 피곤한 스타일이야. 노인이 반찬 투정 엄청 해. 우리 영호보다 더 한다니까. 갈비찜 갖고 여섯 살배기 손자하고 싸우는 걸 네가 봤어야 하는데 게다가.

진주   또 있어?

선희   결벽증 심해서 이불은 꼭 풀을 먹여서 적당히 뻣뻣하게 해놔야 돼. 향긋한 풀냄새 나지 않는 이불은 이불도 아니란다. 요즘 세상에 누가.

진주   어머? 어머? 너 정말 힘들었겠구나.

선희   남편이 어느 정도 커버해 줘서 살지, 안 그러면 못 살아.

진주   뭘로 커버해 주는데 (은근히) 그거?

선희   뭐?

진주   잠자리.

선희   어유! 지지배.

두 사람, 웃는다.

선희   그래서 남편하고 오랫동안 의논했는데, 이 결혼 없던 걸로
         하자.

진주   (고개 끄덕) 그래야겠지. 고마워. 솔직하게 얘기해 줘서.

선희   얘는, 우리가 오다가다 만난 사이니? 자그마치 강산도 두 번
         변한다는 20년 우정이다.

진주   그래서, 나도 하는 말인데 사실 우리 엄마도 문제 많아.

선희   (와락) 무슨 문제?

진주   낭비벽 심하고 게을러. 거기다 살림 잘 못해. 사위한테 밥은
         잘 사줘도, 밥을 해 주지는 않아, 공주과라고나 할까? 허긴
         아버지 돌아가시기 전에는 아쉬운 거 없이 살았으니까.

선희   우리가 서로에게 솔직한 게 얼마나 다행이니? 우리 시아버
         지와 니네 엄마 재혼했으면 어쩔 뻔 했니? 아유! 불행의 파
         편이 지금 내 눈 앞으로 날아오는 것 같다. 으으.

진주   두 분 어디서 만났대니?

선희   춤추는 데서.

진주   뭐?

선희   구민회관에서 토요일마다 아르헨티나 탱고를 가르치는데 거
         기서 두 분이 같이 배웠나봐. 그러다 눈이 딱….

진주   아유~ 몸이 늙으면 그만큼 마음도 늙어야 하는데 그게 자연
         스럽지.

선희	내 말이, 그래야 문제가 안 생기지. 몸 따로, 마음 따로 노인 네들이 무슨 열정, 완전히 궤도 이탈이야.
진주	그런데 우리 말 들을까?
선희	상대방의 약점 좌르르 쏟아내는데 버틸 수 있겠니?
진주	그래도 우리 엄마, 니네 시아버지 많이 좋아하는 것 같던데.
선희	우리 시아버지도 그래. 하지만 불행할 게 뻔한 결혼은 말려야 자식된 도리 아니겠니?
진주	그건 그래. 근데 우리 말 들으실까?
선희	자식 이기는 부모 없다잖아? 우리가 결사반대하면 설마 고집 피우며 밀고 나가시겠니?
진주	니 남편도 반대야?
선희	그러엄. 니 남편도 물론 반대겠지.
진주	우리 남편은 삼각형.
선희	뭐? 이도저도 아닌 삼각형. 내가 니 결혼식 때부터 알아봤어. 니 남편, 우유부단해 보이더라.
진주	(펄쩍) 무슨 소리야? 생각이 깊어서 그래.
선희	암튼, 우리는 결사반대다.
진주	응. 사실 나, 너 좀 오해했어.
선희	뭘?
진주	늙은 시아버지 모시기 싫어서, 우리 엄마랑 결혼하게 해 분가시키려 한다고.
선희	나도 그랬어. 너 무남독녀잖아? 결국 늙은 어머니 네가 모셔

야 되잖아? 그래서 미리미리 손쓰는 거라고. 지난번 만났을 때 너, 이 결혼 두 손 들어 환영했잖아?

진주 그건 너도 마찬가지였지? 막 흥분해서 꼭 두 분 결혼시켜 제2의 인생을 멋지게 살게 해드려야 한다고. 근데 왜 갑자기 마음이 변한 거야?

선희 말했잖아. 양심선언, 그러는 넌?

진주 나도 그래. 아무리 생각해도 우리 엄마가 그 나이에 누구랑 살기에는 너무 부족해. 선희야, 우린 어쩜 이렇게 얘기가 잘 통하니? 20년 우정 정말 멋지다.

　　진주, 휴대폰 울린다.

진주 아, 여보세요? 아, 네, 곧 나가겠습니다. (일어나며) 차 빼 달래. 이래서 주차장 협소한 데는 안 된다니까. 아유! 귀찮아.

　　진주, 나간다.
　　선희, 휴대폰 꺼내 통화한다.

선희 여보, 나야. 잘됐어. 일이 잘 풀리려고 그러는지 저쪽도 엄마 재혼 결사반대야. 글쎄 그 이유는 모르지 뭐. 자기 엄마가 부족해서 그런다고 하지만, 암튼 변덕이 죽 끓어. 지난번에는 재혼 못 시켜 안달이더니. 뭐 그 이유까지 알 거 없고,

우리는 우리 목표만 달성하면 돼. 그럼, 그럼. 여보, 아버님 재혼하면 그 돈 당신이 지킬 수 있을 거 같아? 여보, 나 아직도 꿈을 꾸는 것 같아. 그 땅이 문중 땅인 줄 알고, 거들떠도 안 봤는데 아버님 이름으로 등기된 아버님 땅이라니. 거기다 레저타운이 들어와서 땅값이 날개를 달고. 아유, 여보. 나 몸 떨려. 이제라도 알 게 된 게 천만다행이야. 아버님도 참 앙큼하시지. 고렇게 시치미를 딱 떼시고 (물 마신다) 암튼 그 땅을 빨리 처분해야 해. 우리는 아버님 모시고 사는 장남 맏며느리야. 지금은 아버님이 우리한테 의지하지만 마누라가 생겨 봐. 안 돼, 절대 안 돼. 생각만으로도 끔찍해. 아버님이 외로워질수록 우리한테 의지할 테고. 그래야 우리가 유리해. 재혼 결사반대.

진주, 들어온다.

선희 (급히) 끊어. (진주 보며) 해결됐어?

진주 (앉으며) 응. 다행히 나가는 차가 있어서 제대로 주차했어.

선희 참, 나 가봐야 해. 영호 유치원 끝날 시간이야. 아유, 언제 여기서 벗어나니?

진주 그래, 빨리 가 봐. 나 좀 앉아 있다가 갈 게.

선희 그래. (손 흔들며 나가다 다시 돌아보고) 결사반대.

진주 알았어. 결사반대.

선희, 나간다.

진주의 휴대폰 울린다.

진주   여보세요? 응. 만났어. 동창회 끝나고 차 한 잔 했어. 여보, 고민할 필요 없어. 저 집에서도 반대야. 그냥 반대가 아니라 결사반대. 나야 모르지. 왜 갑자기 마음이 바뀌었는지. 걔 말로는 지 시아버지가 문제가 많은 노인이라 우리 엄마한테 미안해서 못 보낸대. 암튼 이유는 상관없고 결론이 같으니까 마음 편해. 뭐? 당신 정말 왜 그래? 내가 갑자기 재취업이 돼서, 우리 예린이 봐 줄 사람이 없어서 울 엄마 데려다 놓을 생각으로 엄마 재혼 반대한다구? 물론 그런 이유도 있지만 엄마의 행복을 위해서야. 그 할아버지 치매래 치매. 그래, 나 양심 없다. 당신 어떻게 양심 없는 여자랑 사냐? 이혼해. 아니 친정엄마가 손자손녀 봐주는 거 당연한 일이지. 그 나이에 무슨 재혼이야? 창피하게. 그래, 당신, 좋은 사위다. 암튼 난 결정했어. 결사반대. (휴대폰 끄고 물 벌컥벌컥 마시고 일어난다) 양심 좋아하네. 내 발등에 불이 떨어졌는데 무슨 양심?

진주, 나가려는데 휴대폰 울린다.

진주   여보세요? 엄마? 엄마 어디야? 나 엄마한테 할 말 있어. 엄마, 나 드디어 은행에 취직됐어. 응. 결혼 전에 다니던 그 은행 아주 특별 케이스야. 엄마도 알지? 월급 많은 거. 잘하면 우리 집 장만 당길 수 있어. 그래서 말인데, 엄마가 우리 예린이 좀, 뭐? 왜 못해? 혼인신고를 해? 누구랑? 뭐? 그 치매 할아버지랑? 치매 아니라구? 운전도 프로급이고, 매일 시도 읽어 준다구? 아이구, 그래서 어디야? 제주도? 신혼여행으로? (꽥) 엄마, 미쳤어? 가만있어. 내가 제주도로 내려 갈 테니까.(씩씩거리며 나가는데)

세라   (왠지 진주가 밉다) 저기, 테이블 정리도 셀프예요.

진주, 거친 손놀림으로 커피잔 물잔 치운다.
진주, 나가려는데

세라   저기, 물기가 남아 있네요.

진주, 행주 찾아서 테이블 닦는다.
진주, 으으 하며 나간다.

세라   자식들은 왜 부모를 쉽게 생각할까요? 돌아가신 다음에 비로소 아파하니. 우리는 모든 걸 너무 늦게 깨닫나 봐요.

13

첫사랑은 별이 되어 가슴에 내려와 앉는다

들어오는 봉희와 영기. 봉희, 화를 주체할 수 없어서 씩씩거리고
영기, 쩔쩔맨다.

영기   희야, 희야, 내 오늘 커피 아주 환상적으로 만들어 볼끼다.

봉희   커피는 무슨, 양주를 병째로 들이마셔도 시원치 않을 판에.

영기   그럼, 요 앞 편의점에서 발렌타인 17년산 아니 22년산 사올
까나?

봉희   편의점에서 무슨, 공항 면세점도 아니고, 됐고. 앉아봐.

영기   네.

봉희   이봐요! 손영기 씨!

영기   네, 말씀하이소.

봉희   증말 기가 막히고 코가 막히고 말문이 막히네. 아니, 세상천

지에 이런 일이 우예 일어날 수 있노! 잉? 잉? (손으로 자기 입 때리며) 아이구, 사투리가 다 튀어 나오네. 아나운서 시험 보려고 젓가락 물고 죽어라 연습해서 고향 사투리 다 잊었는데, 얼마나 내 속이 뒤집혔으면.

영기 희야. 그 아나운서 시험 말이다.

봉희 뭐, 뭐? 그래. 나 열한 번 떨어졌다.

영기 그기 아니구, 그 뭐냐? 정직한 심사위원 한 분이 그랬다 안 했나?

봉희 (대들듯) 뭐, 뭐?

영기 이봐요. 아가씨 그만 관두소. 시간 버리고 돈 버리고 맴 상하고 그냥 참하게 있다 시집 가이소. 사실 희야, 니가 주제파악이 좀 안됐던기라. 내 그때 군대에만 안 가 있었어도 니를 말렸을끼다.

봉희 아니, 빛나는 청춘인데 그런 도전 한 번 못 하냐? 됐고! 그래, 뭐? 신장을 떼 줘?

영기 누가 떼 준다고 했나? 그냥 수술에 적합한가. 검사 한 번 받아 봤다.

봉희 그게 그거지. 심심해서 그 험난한 적성검사를 받아 본 거야?

영기 히말라야 등반도 아니고, 험난하기까지는 아이다. 그냥 피 쪼끔 빼고.

봉희 (손 확확 내저으며) 아, 그만!

영기 한 대 치겠네.

봉희   왜 못 쳐. 나 당신 아내야! 조강지처. 주례사 기억나? 이제부
      터 몸과 마음이 하나라고. 당신 몸이 당신 몸인 줄 알아? (가
      슴 치며) 나, 나, 이봉희 꺼라구! 근데 누구 맘대로 신장을
      떼 줘?

영기   그기야. 신장은 하나가 아니라 둘이다.

봉희   (기막힌) 아유, 정말 내가.

  봉희, 일어나 물 한 잔 따라서 선 채로 벌컥벌컥 마신다.

영기   (애교 있게) 내도 한 잔 부탁한데이.

  봉희, 확 째려본다.

영기   아이다. 됐다고마.

  봉희, 다시 와서 앉고

봉희   나중에 내가 당신 신장 필요하게 되면? 우리 애들이!

영기   (막으며) 시끄럽다고마. 와, 그런 가슴 철렁하게 맹기는 말을
      하노? 나 놀랐다 아이가.

봉희   아유, 말을 말아야지. 그래 신장을 주든지 심장을 주든지 맘
      대로 해. 대신, 우리 집 재산 다 내 명의로 돌려놔. 확실하게

한 개도 빠뜨리지 말고.

영기　와?

봉희　와? 이제부터 당신 대신 돈을 믿고 살 거야.

영기　와, 날 안 믿는데? 하늘같은 서방님을.

봉희　그 하늘같은 서방님이 지 신장을 어떤 가스나를 위해서 떼
　　　　준다고 해서. 답이 됐냐?

영기　모르는 여자가 아니다. 우리 막내 은기 친구고, 같은 동네
　　　　살던 동생 같은.

　봉희, 그만 하라고 손 내젓는다.

　영기, 맞을까 봐 피한다.

봉희　알맹이는 와 쏙 빼는데?

영기　당신, 고향사투리 쓰니까 귀엽네.

　봉희, 눈 흘긴다.

　영기, 찔끔

봉희　당신이 죽고 못 사는 첫사랑, 것두, 짝사랑.

영기　짝사랑은 아이구, 덕이도 내한테 쪼매 맴이 있었는디 워낙
　　　　아가 순진하고 내성적이라….

봉희　(꽥) 그 입 다물라!

영기 네.

봉희 막내아가씨가 그러더라. 당신이 그 여자 어머니 돌아가셨을 때 아주 상주노릇을 했다고.

영기 그기야 어무이하고 덕이하고 단 둘이 살다가 갑자기 초상 치르게 됐는데, 도와줘야 되지 않겠나? 그 연약하고 어린 것이 얼마나 황망스러웠겠노?

봉희 뭐? 그 여자 그때 열아홉인가, 스물인가, 그랬다는데. 연약? 어려?

영기 원체 아가 순진하고….

봉희 내성적이지?

영기 우찌, 알았노? 가, 성격을?

봉희 (울화통) 어유, 암튼 우리 집 전 재산 내 이름으로 해 놔.

영기 걱정마라. 벌써 해 놨다.

봉희 (놀란다) 뭐? 그럼 이렇게 될 줄 알고?

영기 아이다. 나, 뇌동맥류 시술 받으러 들어갈 때 해 놨다.

봉희 왜?

영기 그래도 머리, 아니 뇌에 손대는 거 아이가? 우찌 될 줄 알겠노.

봉희 아니, 한 집안의 가장이, 남편이, 아빠가 그게 할 소리야? 죽어도 살아야지.

영기 내보다 돈이 좋다고 안캤나?

봉희 그야, 암튼 그건 일단 확인해 볼 거고. 당신 정말 신장 수술

할 거야?

영기 (한숨) 그기 내 맘대로 안 된다. 서로 맞아야지. 가족이 아니
      면 가능성이 희박하다카더라.

봉희 가능하다면? 당신 뇌동맥류 시술 받은 지 겨우 두 달 됐어.
      당신 말대로 뇌야 뇌.

영기 상관 없다카더라.

봉희 와, 이 인간이 진짜! 그것도 알아봤네. 안 돼. 내 눈에 흙이
      들어가기 전에는 절대 안 돼!

영기 희야. 그런 말은 이 담에 우리 혜정이가 이상한 놈 데불고
      와서 결혼시켜 달라고 떼쓸 때 쓰는 말이다.

봉희 지금 말꼬리 잡고, 감 놔라, 사과 놔라 할 때야?

영기 (눈치 보며) 대추.

봉희 뭐?

영기 (작은 소리로) 사과가 아니라 대추.

봉희 그래, 나 무식하다. 아나운서 시험 열세 번 떨어졌다!

영기 열세 번 떨어졌나? 두 번 뺐네.

봉희 (답답) 아유! 지금 그게 문제야? 암튼 안 돼. 당신 몸은 내
      몸이야. 내 몸. 아니, 그 여자 남편은? 그 여자는 가족, 친척
      없어?

영기 없다.

봉희 뭐?

영기 이혼하고 혼자 산다카더라. 도와줄 친척도 없고. 참 적막강

산 외로운 처지다.

봉희　그동안 나 몰래 계속 만났어?

영기　아이다. 덕이가 원체 깔끔한 아라 유부남 안 만나준다.

봉희　아유! 복장 터져. 그래 그 여자 순진, 내성, 깔끔, 또 뭐 있
　　　어? 어디 들어나 보자.

영기　참하고, 웃을 때 눈이 반달같이 접히면서.

봉희　박꽃?

영기　아이다. 수줍은 진달래 느낌.

봉희　그럼, 난, 개나리?

영기　당신은 꽃에 갖다붙이긴 좀.

봉희　토깽이 같은 마누라다. 그거지.

영기　호랑이 같은 마누라, 토깽이 같은 아가들, 그긴데 또 틀렸다.

봉희　됐고. 절대 안 돼! 당신이 어떻게 되면 나 못 살아. 우리 우진
　　　이랑 혜정이는?

영기　나 우찌 안 된다. 내가 당신하고 아가들 두고 (고개 흔들며)
　　　아이다. 나 끄떡없다.

봉희　여보야. 제발 이상한 생각하지마라. 다 자기 갈 길 가는 거
　　　다. 당신이 와 남의 인생에 끼어 드노?

영기　그기 증말 미안한데….

영기, 울음 터트린다.

봉희, 놀라서 본다.

영기   (울면서) 내 맴을 나도 모르겠다. 그냥 덕이가 편해야 나도
       편하다. 이를 우짜노? 희야, 나는 니를 증말 사랑하는데, 이
       건 또 무신 맴인지 나도 모르겠다. 우짜면 좋노?
봉희   울지 마라 뚝!

　　영기, 헉 헉 느끼면서 울음 멈추려고 애쓴다.
　　봉희, 엉거주춤 일어나 소매로 영기의 눈가 닦아준다.

영기   증말, 아 엠 쏘리다.
봉희   거기서 영어가 와 나오나?
영기   요즘 아침마다 라디오로 영어 안 배우나? 습관이 됐는갑다.
봉희   아유, (잠시 생각) 이렇게 하자.

　　영기, 본다.

봉희   당신은 안 된다. 뇌 속에 그 뭐냐? 코일도 박고.
영기   상관없다.
봉희   암튼, 내가 걱정이 돼서 안 되고, 내가 한 번 검사 받아 볼
       게.
영기   (놀란다) 뭐? 아이다. 아이다 .무신 큰일 날 소릴 하노?
봉희   나는 튼튼하다. 애 둘 낳으러 산부인과 간 것밖에 없다. 뭐,
       남도 해주는데, 휴머니즘 차원에서 까짓것.

영기   (화낸다) 고마해라. (영기의 휴대폰 울린다)

그래, 오빠다. 니가 웬일이가? (경악) 뭐? 덕이가? 아, 알았
다.

영기, 그대로 뛰쳐나간다.

봉희   (벌떡 일어나며) 아니? 이게 무슨 일이래? (다급하게) 여보, 여
보! 같이 가!

봉희, 뛰어 나간다.

세라, 일어나서 걱정스러운 표정으로 문 쪽 바라본다.

14

사랑을 액자에 넣는다면 인생이 된다

들어오는 덕순, 커피 타서 앉아서 국수 국물 마시듯

덕순 (쏟으며) 아, 뜨거! (세라에게 신경질적으로) 커피가 왜 이렇게
      뜨거워요?
세라 커피는 인생과 같아요. 뜨뜻미지근하면 맛없어요. 인생도
      뜨거운 열정이 있을 때만 빛나지요.
덕순 (혼잣말) 뭐라는 거야? 암튼, 이쁜 것들은 귀걸이처럼 주렁주
      렁 잘난 척을 매달고 사니, 어유, 속 울렁거려. 이거 마셔야
      겠네. (커피 후르륵 마시려다가 또 입천장 데일까 봐 아주 조신하
      게 우아하게 조금씩 마신다.)

들어오는 지원

마주 앉으며

지원   죄송해요. 좀 늦었지요?

덕순   우리나라 도로사정을 살펴 볼 때, 십오 분까지는 괜찮아요.
(시계 보며) 십이 분 늦었네요. 커피 마셔요, 여기 셀프예요.
저 사장이 커피가 인생이라나 뭐라나 웃기는 소리하면서 폼
잡아요. 아니 이렇게 쓰고 뜨거운 게, 인생이라면 힘들어서
무슨 맛으로 살아요?

지원   설탕을 듬뿍 넣은 아이스커피로 만들면 되지요. 달고 시원한
인생.

덕순   어머, 어머! 자기 너무 재미있다. 이름이 자영이….

지원   지원이에요.

덕순   아이구, 내 정신, 지난번 고객이 자영이었는데… 커피 한잔
타 줄까요?

지원   아니에요. 좀 전에 마시고 와서.

덕순   그럼 생각날 때 마시고 (큰 가방에서 노트와 볼펜 꺼낸다.)
그러니까 혼주, 아버지와 어머니 역할할 두 분과 하객은 백
이십 명이구요. 연령층 다양하게, 하객 수준은 평균 중상을
유지하고, 혼주 두 분은 최상, 품위와 지성으로 무장되어 있
고, 인물도 아주 좋아야 하고, 대충 맞지요?

지원   네, 혼주 역할할 두 분, 한복은 제가 할 게요.

덕순   생각 잘했어요. 품위와 지성, 이거 퀴즈문제를 낼 수도 없고

어떻게 알아요? 그 날 한복이 최상품이면 그게 품위와 지성
이에요. 그런데 그 사람들 아무거나 대충 입고 와요. 하루
알바 뛰는데 한복에 돈 쏟아 붓겠어요? 신부가 준비해요.

지원　네, 좋은 분들 부탁합니다. 차질 없도록 해주세요.

덕순　아유, 그건 말하면 잔소리, 내가 이 바닥에서 구른 게 10년이
넘는다우. 근데 괜찮겠어요?

지원　(무슨 말인지) 네?

덕순　내 경험으로 보면 너무 기우는 결혼은 결국 파토가 나더라
고. 지원 씨가 아버지 어머니 역할할 사람도 최상으로 골라
달라고 하고 하객들도 120명이나. 이런 경우 한 오십 명이면
그럭저럭 넘어 가거든. 근데 너무 신경을 쓰니, 신랑집이 아
주 **빵빵**한가 봐요?

　지원, 애매하게 웃는다.

덕순　부모님 두 분 다 안 계세요? 아님 이혼하고 각자 재혼해서
살아요? 웬만하면 딸 결혼식에는 나타나는데.

지원　두 분 다 계세요.

덕순　(고개 끄덕이며) 말 못할 사정이 있나보네.

지원　저어, 현금으로 계산하면 10프로 정도 다시 받을 수 있나요?

덕순　아유, 현금이나 카드나 다 똑같아요. 다른 이벤트 회사보다
많이 싸요. 걱정 말아요. 내가 그림 좋은 사람들 뽑아서 신랑

쪽에 기죽지 않게 확실하게 할 게요. 괜히 돈 몇 푼, 아끼려다 일 나요, 날 믿어 봐요.

지원 네.

덕순 기죽지 말아요. 지원 씨 얼굴도 예쁘고 몸매도 늘씬하고 성품도 좋은 것 같고, 뭐 하나 빠지지 않아요. 회사 다닌다고 했지요?

지원 네, 디자이너예요.

덕순 옷?

지원 구두요.

덕순 와, 멋지다. 전문직 종사자네. 당사자가 중요하지. 집안이 뭐. (종이 펴고) 그럼, 어머니 아버지 성함은 뭐라고 할까요? 청첩장에도 찍어야 하고 시간이 없네…. 어머니 아버지 이름 그대로 사용할까요?

지원 아버지 성함은 정순구, 어머니 성함은 최진순.

덕순 아유! 좀 촌스럽다. 가만, 지원 씨 김지원 아니에요? 근데 아버지 성이 정씨면?

지원 제 부모님이 아니라 신랑 부모님이에요.

덕순 (어리둥절) 응? 이게 무슨 소리래? 아니, 그럼 하객도 신랑 쪽 하객?

지원 네.

덕순 이해가 안 되는데. 그럼 신랑이 준비를 해야지. 왜 신부가? 아, 창피해서 그러는구나. 신랑 쪽이 너무 초라해서, 부모님이 결혼 반대하세요?

지원 아니요.

덕순 신랑이 고아예요?

지원 고아라기보다 6살 때부터 고아원에서 자랐대요.

덕순 부모님은?

지원 사정이 있으셨나 봐요. 고아원에 데려다 주고 연락이 끊겼대요.

덕순 세상에, 낳았다고 다 부모는 아니지. 혼자 많이 힘들었겠다. 그래도 잘 컸나보네 이런 좋은 신부 만난 거 보니.

지원 네. 좋은 사람이에요.

덕순 지금 뭐하는데? 전문직이유? 의사? 변호사? 부모님이 승낙하셨다면 그 정도는 되겠지?

지원 (미소 지으며) 가구 디자이너인데 지금은 쉬고 있어요. 몸이 좀 안 좋아서.

덕순 응? 그런데 부모님이 이 결혼을 오케이 하셨다구?

지원 네. 오히려 부모님이 서두르셨어요. 혼자 있으면 몸이 더 안 좋아진다구. 누가 곁에서 이것저것 챙겨 먹이고 보살펴줘야 한다구요. 그래서 저희 집에서 같이 살기로 했어요. 제가 직장 가면 그 사람 혼자 있어야 하잖아요? 어려서부터 늘 혼자였는데 그렇게 두기 싫어요. 이제 저희 아빠랑 바둑도 두고 엄마랑 요리도 하고 그렇게 지낼 거예요. 아빠가 정년퇴직하셨거든요.

덕순　세상에, 부모님이 정말 대단한 분이시네. 대체, 어디가 그렇게 좋은 거유? 잘생겼어요? 장동건처럼? 키도 훤칠하고?

지원　그냥 평범해요. 키는 작은 편이에요. 눈은 커요.

덕순　그런데, 왜? 결혼이 자선사업은 아니잖우?

지원　그 소리, 좀 불쾌한데요.

덕순　아이구, 미안, 미안해요.

지원　좋은 사람이에요. 같이 있으면 편하고 행복하고 뭔지 모르게 마음이 턱 놓이고. 그래서 제가 그 사람 어깨에 기대 잠을 잘 자요.

덕순　정말 믿을만한 사람인가보네. 그게 최고지. 근데, 왜 이렇게까지? 부모님도 신랑 형편 다 아시는데 괜한 돈 쓰는 거 아닌지 모르겠네.

지원　그 사람, 기죽이기 싫어서요. 누구한테도 당당하게 보이라구요. 그 사람, 친구들에게도 우리 친척들에게도 제 친구들에게도. 결혼식장에 오는 모든 하객에게 절대 기죽지 말라구요. 물론 눈에 보이는 게 중요한 건 아니에요. 알아요. 그런데 그 사람, 너무 오랫동안 혼자였어요. 결혼식 날 하루라도 그 사람에게 가족이 있었으면 해서요. 축하객도 많구요. 제가 좀 유치하지요? 겉멋이 들었다고 하셔도 할 말이 없어요.

덕순　아, 아니에요. (눈물 핑) 아이구 주책, 괜히 눈물이 핑 도네.

지원　죄송해요.

덕순　뭐가? 오히려 내가 고마워요. 사실, 이런 일 하면서 좀 떳떳

하지 못할 때도 많았거든요. 어찌되었건 남 속이는 짓이니까. 그런데 이런 일도 있네. 오늘같이 내 일에 자부심을 느낀 적도 없어요. 지원 씨.

지원   네.

덕순   내가 10프로, 아니, 15프로 디시해 줄게요.

지원   그래도 돼요?

덕순   (고개 끄덕) 내 축의금이라고 생각해요. 잘 살아야 돼요. 물론 잘 살겠지만.

지원   고맙습니다.

덕순   어디 가서 저녁 먹을까요? 점심도 걸렀더니 출출하네.

지원   어머, 그러세요. 제가 대접할 게요.

덕순   이 근처에 청국장 기막히게 하는 집 있어요.

지원   네.

덕순, 테이블 정리하고 지원과 나간다.
세라, 잡지 뒤적이던 손 멈추고 잠시 문 바라본다.
세상은 여전히 살 만한 가치가 있구나, 하는 표정.

15

외로울 때는 춤을 춘다. 원 투 쓰리 포 차차차

인주를 끌고 들어오는 영희.

인주를 자리에 앉히고, 커피 두 잔 만들어서 갖고 와서 맞은편에 앉는
영희.

영희　마셔요.

인주　(고개 흔들며) 써!

영희　커피보다 설탕을 더 많이 넣었어요. 우리 같은 늙은이들은
　　　세상에 달달한 게 없으니, 먹는 거라도 달게 먹어야 기분이
　　　좋아지지.

인주　나, 당뇨 있어요.

영희　(픽 웃으며) 그런 거 걱정하는 사람이 죽겠다고 난간에 서서
　　　그 난리를 쳐요?

인주　난리는 안 쳤는데, 그냥 서 있었는데.

영희　꼭 소리치고 요란스럽게 몸 비틀고 그래야만 난리인가? 가만히 서 있어도, 온 몸으로 나 죽고 싶어 하면 그게 난리지.

인주　진짜 죽고 싶었는데 (커피 마시고) 달달하네. 맛나.

영희　왜 그랬어요? 가만 있어도 어련히 죽게 될까봐. 우리 나이가 몇인데.

인주　그냥 너무 외로워서.

영희　사람으로 태어나면 외로움은 숙명 같은 거예요.

인주　그래도 뼈가 시리게 외로워서.

영희　울지 마라 외로우니까 사람이다. 살아간다는 것은 외로움을 견디는 일이다. 공연히 오지 않는 전화를 기다리지 마라. 정호승이란 시인의 시예요.

인주　진짜네.

영희　뭐가요?

인주　우리 아파트에서 301호 할머니 유식하다고 소문 다 났어.

영희　유식은 무슨, 그냥 좋아서 외운 거지. 앞으로는 그런 이상한 생각 말아요. 자식들 놀라게 하지 말아요.

인주　자식들 때문에 죽고 싶은데, 자식들 생각은 왜 해?

영희　왜요? 자식들이 돈 달래요?

인주　그러면 얼굴이라도 보지. 이건 살았는지 죽었는지 일 년에 두 번, 설하고 추석 때 저 아프리카로 이민 간 녀석들처럼 불쑥 나타났다가 빚쟁이처럼 금세 도망가고, 것도 재작년부터는 전화로 대신해요. 바빠서 못 온다고.

영희 그러게 품안의 자식이라잖아요? 그냥 지들 잘 살면 그것으로 됐다. 생각하고.

인주 (OL) 아, 그렇게 생각하니까 지금까지 버텼지. 어느 날은 나 자식 없다 이렇게 최면도 걸어요. 내가 즈이들을 어떻게 키웠는데, 삼십 중반에 과부돼서 아들 세 녀석을 키웠는데, 정말, 내 이야기가 소설 한 권이에요.

영희 누구의 인생도 소설 한 권이지요. 고생 많았겠어요?

인주 말도 말아요. 새끼들 입에 들어가려면, 내가 굶었어야 했으니 말해서 뭐해요. 어느 날 텔레비전 드라마를 보는데 거기서 그런 말이 나오대요. 전쟁 같은 삶이라고, 딱 내가 하고 싶은 말이라 그 날 얼마나 울었는지. (커피 마시고) 친정아버지가 여자도 배워야 산다고 고등학교까지 공부시켜줘서 우체국에 취직했어요. 그때까지만 해도 내 인생이 꽈배기처럼 꼬일 줄 몰랐는데.

영희 어머? 우체국이라니까 유치환 님의 행복이란 시가 생각나네. 사랑하는 것은 사랑을 받느니보다 행복하나니라. 오늘도 나는 에메랄드빛 하늘이 훤히 내다뵈는 우체국 창가에서 너에게 편지를 쓰노니.

인주 잘난 척을~ 참 고상하게 하네요.

영희 (웃는다) 호호호, 미안해요. 제가 시를 외우는 버릇이 있어서.

인주   문학소녀 같네요.

영희   그런 낭만적인 이유가 아니라, 너무 외로워서요.

인주   (놀란다) 아니, 301호 할머니도 외로울 때가 있어요?

영희   네, 저도 많이 외로워요. 말이 하고 싶은데 말할 상대가 없어
       서 시를 주절주절 외우는 버릇이 생겼어요.

인주   나는 텔레비전 드라마 보면서 배우들 말 따라 하는데, 절 사
       랑하지 말아요. 전 당신한테 부족한 여자예요.

       영희와 인주, 마주 보며 웃는다.

영희   그것도 좋은 방법이네요. 전, 춤도 춰요. 외로울 때마다 차차
       차.

인주   춤 잘 추나 봐요.

영희   그건 상관없어요 (시늉) 제 몸에 벌레처럼 덕지덕지 붙어 있
       는 외로움을 이렇게 신나게 털어 내는 거지요. 원 투 쓰리
       포 차차차.

       인주, 웃는다.

영희   거봐요. 웃으니까 좋잖아요?

인주   웃을 일이 있어야지요. 어느 때는 내가 말하는 법, 웃는 법
       다 잊어버릴까봐 겁나요. 301호 할머니는.

영희   (OL) 영희예요. 내 이름. 옛날 국어책에 나오는 이름. 철수하고 바둑이가 친구예요.

인주   나는 인주예요.

영희   이름, 너무 예뻐요. 우리 때는 자 자나 희 자나 숙 자 돌림이 많았잖아요? 정자, 미자, 영희, 순희, 진숙이, 말숙이… 인주란 이름은 고급스러워요.

인주   (픽, 웃으며) 우리 아버지가 부자로 살라고 그런 이름 지어 준 거예요. 인주 팡팡 찍으면서 살라고, 부동산 계약서에 은행 예금통장에 인주 많이 찍는 팔자는 부자나 할 수 있다고. 아버지다운 생각이었지요.

영희   재미있네요.

인주   부러워요.

영희   네? 뭐가요?

인주   그 집에는 사람들이 많이 드나들잖아요? 나는 찾아오는 사람이 없어요. 절간같이 고적해요. 그래서 어린이 놀이터에서 아이들 뛰어 노는 소리 들으려고, 늘 창문을 열어 놔요. 텔레비전도 아침부터 저녁까지 틀어 놓고. 전기세가 걱정이 되지만 사람들 말소리가 안 들리면 불안해요. 밤에 자려고 자리에 누울 때마다 가슴에 추를 서너 개 단 것처럼 뻐근하고 아파요. 내일 못 깨어나면 어쩌나, 그런 생각이 들어 괜히 방안을 한 번 휘익 둘러 봐요.

영희   (인주의 손 잡아 준다) 그런 생각 뭐하러 해요? 내일 안 깨어나도 그만이지요. 우리 나이에 크게 억울할 것도 없고, 또 그렇게 잠자듯 편안하게 가는 것도 나쁘지 않아요.

인주　그건 그러네요. 자식들 고생도 안 시키고.

영희　그거 봐요.

인주, 무슨 소리인가 본다.

영희　자식들 미워 죽겠다면서, 자식들 걱정만 하잖아요?

인주　이그, 병이에요. 병!

두 사람, 커피 마신다.

인주　근데 집에 누가 그렇게 와요? 늘 북적북적거린다는데.

영희　그 정도는 아니에요. 소문이라는 게 원래 눈덩이처럼 커져서 눈사람을 만들잖아요.

인주　나도 누가 와줬으면 참 좋겠는데, 딩동! 초인종 소리가 너무 반가울 것 같아요.

영희　그거 하나도 안 어려워요.

인주　네?

영희　어느 날 너무 외로워서 비명을 지르고 싶더라고요. 으아악 나 외로워 죽겠다, 말하고 싶은데 말할 사람이 없어서 입에서 군내가 풀풀 났어요. 한마디로 환장할 지경이었지요. 요

즘 자식들은 가까이 하기에 너무 먼 당신이라잖아요. 이민
간 초등학교 동창처럼 얼굴 안 잊어버리면 다행이구요.

인주 허긴, 지들도 새끼들 데리고 먹고 살기 빡빡하니까.

영희 이그, 자식 역성은! 암튼 그래서 이대로 살면 조만간에 미쳐
죽겠다 겁이 털컥 나더라고요. 엄마가 그렇게 죽으면 자식들
이 얼마나 부끄럽고 민망하겠어요?

인주 아휴, 그놈의 자식들. 내리사랑은 끝도 없다니까.

영희 세상에서 제일 힘든 건, 자기 자신보다 더 사랑하는 걸 갖게
되는 거예요.

인주, 고개 끄덕

영희 아무도 날 안 찾아오면 찾아오게 만들어야지, 그런 생각이
들었어요.

인주 (와락) 어떻게요?

영희 (주위 살피고 나지막하게) 가전제품을 막 고장 냈어요.

인주 (놀란다) 네? 왜요?

영희 냉장고, 세탁기, 텔레비전, 라디오, 진공청소기, 선풍기, 하
다못해 다리미까지. 고장 낼 가전제품이 너무 많아서 고마웠
지요.

인주 그게 무슨….

영희 애프터센터에 고장 신고하면 수리하러 이 사람 저 사람 우리

집에 오잖아요?

인주 네? 아, 네에.

영희 그게 제일 낫더라구요. 고장. 이것저것 사면, 물론 가격만만
하고 다 쓰게 되는 비누, 샴푸, 화장지 그런 거 시키면 택배
기사가 오지만 그 사람들은 문 앞에서 물건만 휙 던져주고
가잖아요, 미련 없이. 어떻게 붙잡을 시간도 없어요. 그런데
고장수리는 집에 들어와서 물건을 고치는 동안 같이 있지요.
맛있게 찌개도 끓이고 조물조물 나물도 무쳐서 밥도 차려 줘
요. 누굴 위해서 식사 준비를 해본 지가 언제인지, 가슴이
다 설레더라구요. 밥상을 차려주거나 김치전을 만들어 주면
하나같이 고맙다며 달게 먹어요. 하루 종일 이 집 저 집 다니
며 수리하는데 좀 힘들겠어요? 마땅히 밥 사 먹을 데도 없고,
어떤 집은 물 한 잔 안 주고 화장실도 못 쓰게 한대요.

인주 저런? 고약한 인심이네.

영희 밥 먹는 동안 이 얘기 저 얘기 주고 받고. 물도 따라주고.
밥 더 주세요, 하면 반가워서 어깨춤도 나오고.

인주 그래도 멀쩡한 물건을 일부러 고장 내서 그러는 건 좀.

영희 맞아요. 그건 아니지요. 처음엔 너무 외로워서, 아파트 3층
에서 뛰어내리는 것보다 낫다 생각하고.

인주 영희 할머니도 참 많이 외로웠군요.

영희 늙는 게 무슨 벼슬인지 더 외롭고, 더 노엽고, 더 서운하고,
어휴~.

인주   나도 해볼까?

영희   뭐요? 고장?

인주, 고개 끄덕

영희   아유, 하지 말아요. 그것도 민폐예요.

인주   따뜻한 밥도 차려 주고, 주스도 갈아 주고 하는데요? 아유,
      주스 갈아 본 지 꽤 됐네. 우리 아들들한테 아침마다 거 뭐
      냐? 케일주스 갈아 줬는데, 너무 써서 우유 살짝 넣고, 그거
      한 잔씩 쭈욱 마시고 학교 가는 뒷모습 바라보면 그렇게 흐
      뭇하고 좋았는데.

영희   그래도 바쁜 사람들이에요. 생각해 보면 그 젊은이들이 배고
      파서 식탁의자에 앉은 게 아니라, 이 늙은이 심중을 알아채
      고 그런 것 같기도 해요.

인주   그럼 지금은 그거 안하면…?

영희   아가들 봐줘요.

인주   애기들요?

영희   네, 돈 받고 하는 게 아니라, 젊은 엄마들이 갑자기 일이 생
      기면 누구한테 맡길 사람이 없어서 동동걸음치잖아요?

인주   그렇지요.

영희   그때마다 나한테 데리고 오라고 해요.

인주   남의 애 보기 쉽지 않을 텐데, 오죽하면 이불 빨래 할래? 애

볼래? 하면 이불 빨래한다잖아요?

영희   매일 보는 것도 아니고. 소문나서 이 집 저 집에서 맡기러 와요. 애기들 드나들면서 사람 냄새 나는 것 같아 좋아요.

인주   외롭지도 않고요?

영희   그건 이제 그러려니 해요. 무슨 벌레처럼 털어 버리려고 하면 더 달라붙어요. 그래서 그래, 차라리 친구하자. 그래요. 참, 우리도 친구해요.

인주   좋지요. 아까부터 그 말 하려고 별렀는데.

영희   이제 절대 죽을 생각하지 말아요. 가만 있어도 멀지 않았어요.

인주   그러네요.

영희   멀지 않았으니까, 더 많이 웃고, 더 재미나게 살아야지요.

인주   알았어요.

영희   어유, 일어나야겠네. 아래층 애기엄마가 오늘 미국에서 누가 와서 공항 가야 된다며 애 좀 봐달라고 했는데.

인주   나도 같이 가요. 나도 애 잘 봐요.

영희   그럼요. 그 실력 어디 가겠어요? 아들 셋을 잘 키워 놨는데.

인주   (자랑) 어디 가서 빠지진 않아요.

영희   (커피잔 치우고 세라에게) 여기 얼마유? 아이구, 셀프지. 계산도.

세라   오늘은 제가 대접할 게요. 그냥 가세요.

영희   아유, 번번이….

세라 저, 돈 많아요.
영희 알았어.

인주, 나가려다가 다시 세라에게 다가와 속삭인다.

인주 돈자랑 하면 안 돼. 큰일 나.
세라 (웃으며) 네, 아무한테나 안 그래요.
영희 아유, 늙은이 오지랖. (큰소리로) 갑시다.
인주 네.

두 사람 나간다.
세라, 문 바라보며 미소

16

오해가 눈덩이처럼 커지면 불행이 눈사람을 만든다

들어오는 강희와 소영

소영 (싸늘한) 나, 바빠. 용건만 말해!

강희 10년 만에 만난 친구에게, 너무 빡빡한 거 아니니?

소영 친구? 우리가 친구인 적이 있었니? 내가 니 머리채 잡지 않은 걸 다행으로 알아!

강희 (무시하고) 내가 동창회 나간 건, 다, 너 때문이야. 너 보고 싶어서, 미국에서 올 때부터 가슴이 뛰었어.

소영 됐고! 할 말 있으면 해! 우리가 한가하게 마주 앉아, 차 마실 사이는 아니니까.

강희 너, 왜 이래? 혹시 내가 윤호 오빠 병문안 간 것 때문에 이러니?

소영 거기도 갔었어?

강희 내가 못 갈 이유가 없잖아? 우리 대학시절에 친한 선후배였
     어. 같은 사진반 동아리 회원이었고, 윤호 오빠 아픈 거, 맘
     아파서 한 번으로 끝낼 수가 없더라. 세 번 갔어.

소영 윤호 오빠? 그 남자가 아직도 너한테 오빠니?

강희 너, 왜 이혼했니? 서로 죽고 못 살았잖아?

소영 너, 참 뻔뻔스럽다.

강희 뭐가? 대체 왜 이러니? 왜 나한테 시퍼렇게 날을 세우고 그
     래? 혹시 너 무슨 오해하고 있는 거 아니니?

소영 오해? 내 앞에 물컵이라도 있다면 니 얼굴에 확 뿌렸을 거야.

강희 그때 내가 한 말 때문에 그러니?

소영 무슨 말? 아, 그거. 그래. 아주 오랜 시간이 지났지만, 난,
     그날 네 표정이며 네가 한 말 토씨 하나 잊지 않고 기억해.
     너 가져. 난 시시해졌어. 날개 쫘악 핀 공작새처럼 화려하고
     오만한 얼굴로 마치 쓸모없는 폐기물을 버리듯이 그렇게 말
     했지. 내게는 온 우주였고, 내 전부였고, 유일한 사랑이라
     언제나 가슴이 뛰고 온몸이 떨렸는데, 니가 말한 그 윤호 오
     빠가, 그런데 넌 마치 며칠 갖고 놀다 싫증 난 장난감처럼
     너 가져! 이렇게 말했지, 선심 쓰듯.

강희 그래. 니가 짐작한 것처럼 난 윤호 오빠 좋아했어. 아니 사랑
     했어. 내게도 생각만으로 가슴이 뭉클한 첫사랑이야. 난 늘
     남자들로 둘러싸여 있었어. 예쁘고 늘씬한데다 돈 많은 집

무남독녀, 거기다 더 근사한 일은 그 무남독녀나 그 집 부모가 적당히 무식하고 감상적이라는 거지. 쉽게 사는 방법을 알고 있는 적당히 교활한 남자들이 마치 어린아이가 방학숙제로 잠자리를 잡기 위해 잠자리채를 들고 산으로 들로 뛰어다니는 것처럼 내 주위를 맴돌았지. 그런데 윤호 오빠은 달랐어. 매사에 진실했고 반듯했어. 나는 윤호 오빠를 아주 오래 바라보았어. 그런데 윤호 오빠도 오랫동안 바라보고 있는 여자가 있었어. 바로 너야. 나 그때 안심했어. 미안해. 이런 표현, 하지만 너한테 솔직하고 싶어. 너무 평범해서 때로는 볼품없는 작은 여자애라니. 거기다 집안 형편도 좋지 않고. 단 시간에 승부가 난다고 생각했어. 내가 이길 게 뻔한 게임, 거기다 윤호 오빠는 나한테 참 자상하고 친절했지. 그 날 안개비가 내렸어. 마치 스프레이로 사방에 물을 뿌리듯 모든게 촉촉해졌지. 사랑을 고백하기에 더할 나위 없이 아름다운 여름 밤, 나는 윤호 오빠 하숙집으로 찾아갔어. 자신 있었어. 누가 감히 나를! 싫다고 해? 하는 교만함으로 퍼득퍼득 날갯짓을 하며.

소영, 일어나 물 한잔 따라서 들고 와, 갈증이 나는 듯 벌컥벌컥 마신다.

강희   (소영의 모습 잠시 바라보다가) 그날 나는 윤호 오빠가 나를 안으면 나를 내어 주려고 했어. 그래서 오랫동안 공들여 내 몸을 가꾸었지. 그런데 오빠는 아주 정중하게, 마치 대출을 받으러 간 은행의 지점장을 대하듯, 정중하게 나를 거절했어. 자기는 오랫동안 사랑하는 여자가 있노라고. 앞으로도 죽을 때까지 아니 죽어서도 사랑할 여자라고. 그때 나는 깨달았어. 그동안 윤호 오빠가 내게 자상하고 친절했던 이유는 단 하나, 사랑하는 여자의 친구라는 점 때문이었지. 분노와 모욕감으로 온 몸이 벌벌 떨렸어. 어떻게 하숙집을 빠져 나왔는지 모르겠어. 감히 나를! 그 길로 너의 집으로 달려갔지. 그리고 교만함으로 무장하고 네게 내뱉었지. 너 가져, 난 시시해졌어.

소영   (놀란다) 뭐!?

강희   왜 그렇게 놀라니? 너, 그렇게 큰 사랑을 받으며 그만한 믿음도 없었어? 내 말을 싹 무시해 버릴 만큼.

소영   (물을 마시려고 물컵을 드는데, 손이 덜덜 떨린다. 그대로 물컵을 놓는다.) 아니야, 아니야! 그 남자가 사랑한 여자는 너였어. 너 서강희! 지금, 그 말을 나보고 믿으라고? 날 위로하는 것 치고는 아주 치졸해. 그래, 난, 니 말대로 너하고 비교할 수 없을 만큼 볼품없고 가난했어. 너랑 다니면 주위에서 뭐라고 수군댔는지 알아? 춘향이 모시고 다니는 향단이 같다고. 넌 내 친구가 아니라, 젊은 날, 날 열등감으로 몰아넣는 나의 수치였어.

강희   뭐? 난, 니가 날 그렇게 생각하는지 몰랐어.

소영	왜? 날 금전적으로 많이 도와줘서? 난, 니 도움을 받을 때마다 죽고 싶었어. 넌, 언제나 여왕이 시녀에게 하사품을 내리듯 내게 돈을 주었어. 나는 네가 주는 돈을 받을 때마다, 무릎 꿇고 받는다는 느낌을 떨쳐 버릴 수 없었어. 넌, 도움을 받는 자의 슬픔이나 절망 같은 건, 안중에도 없었지.
강희	무슨 소리를 하는 거니? 난, 내가 너한테 도움이 된다는 게 기뻤어. 잘난 척이 아니었다고.
소영	(일어나며) 더 이상 아무 얘기도 듣고 싶지 않아.
강희	들어. 왜 스스로 네 자신을 비참하게 만드니? 윤호 오빠가 사랑한 건 너야.
소영	(다시 앉으며) 그럼, 이건 어떻게 설명할래? 그 남자, 나하고 결혼해서도 니 사진을 품고 있더라.
강희	뭐? 무슨 사진?
소영	신혼 3개월 만에 남편의 잠긴 책상서랍에서 여자 사진을 발견했다면 넌 어떨 것 같니? 그때 나는 허니문베이비로 임신 3개월이었어. 갑자기 지진이 일어나는 것 같았어. 발밑이 흔들리고 천정이 흔들리고 모든 게 빙글빙글 돌았지.
강희	내 사진이라구? 그럴 리가 없어.
소영	서강희, 니 사진이야.
강희	가만? 그거 혹시 여권사진 아니니?
소영	몰라. 니 사진이라는 것밖에.
강희	(기막힌) 너, 니 남편한테 물어보지도 않았니? 왜 이 사진이

당신 서랍에 들어 있냐고?

　소영, 고개 젓는다.

강희　(안타까운) 왜?

소영　두려웠어. 그 사람이 무슨 말을 할지. 내가 원하지 않는 사실
　　　을 확인하게 될까 봐.

강희　그렇다고 그대로 있었어? 너 바보니?

소영　(발칵) 그래, 나 바보야. 열등감에 쩔어서 사는 바보! 됐니?
　　　니가 내 친구가 된 순간부터, 나는 열등감을 나무처럼 키우
　　　면서 살았어.

강희　너, 정말 바보구나. 자기를 사랑하는 사람을 볼 줄 모르는….

　강희, 일어나 커피 두 잔 타 갖고 와, 소영 앞에 한 잔 놓고 커피 마신다.

강희　그때가 그러니까, 너 결혼하고 나서 얼마 안 됐을 때야. 우리
　　　사진 동아리가 모처럼 뭉쳤지. 그때 넌 임신초기라 조심하느
　　　라 안 나왔고, 윤호 오빠만 나왔어. 난, 너한테 내색 안했지
　　　만, 실연의 상처가 너무 쓰리고 아파서 미국행을 결심했어.
　　　유학중인 언니한테 가서 사진 공부나 더 해야지, 그런 마음
　　　이었어. 그때 내가 농담 반 진담 반으로 윤호 오빠한테 마음
　　　정리한 기념으로 여권 사진 찍어 달라고 했어. 어쩌면 그 핑

계로 윤호 오빠 한 번 더 보고 싶은 마음이었는지 몰라. 미국
가면 언제 돌아올지도 모르고. 내가 네 친구라는 이유로 늘
내게 친절하고 관대했던 윤호 오빠는 승낙했고, 그날 바로
사진 찍었어. 그런데 이틀 후 엄마가 교통사고로 돌아가셨
어. 너도 장례식장에 왔지. 임신하면 그런 곳에는 안 온다는
데 너희 부부는 와 주었어. 그때 참 고마웠어. 난, 너무 힘들
어서 일정을 당겨 미국으로 떠났어. 윤호 오빠한테 부탁한
여권사진은 까맣게 잊어버리고.

소영   (절망적인 탄식) 뭐?

강희   그 사진이었을 거야. 성진 오빠가 미국에 와서 잠깐 만난 적
이 있는데, 그때 얼핏 내 사진에 관한 이야기를 들은 것 같
아. 윤호 오빠가 함부로 버릴 수도 없고 해서 갖고 있다며
내가 서울 오면 줘야겠다고 했대. 성진 오빠가 내 사진 달라
고 졸랐는데, 너 같은 바람둥이한테 사랑하는 아내의 베스트
프렌드 사진을 넘길 수 없다고 딱 잘라 거절해서 기분 더럽
게 나빴다고 투덜거렸어.

소영   (갑자기 눈물이 핑 돈다.)

강희   나한테라도 물어 봤어야지. 내가 좀 더 일찍 돌아와서 널 만
날 걸 그랬다. 사실 돌아오기 싫었어. 엄마 생각도 나고, 너
를 편하게 볼 수 있을까, 자신도 없고.

소영   나, 어쩌면 좋으니? 내 열등감 때문에 가장 아름답고 행복해
야 할 10년을 잃어버렸어. 그 사람의 10년까지.

강희   (안타까운) 소영아.

소영   난, 그날로 마음의 문을 닫아 버렸어. 네가 버린 남자. 그럼에도 불구하고 여전히 널 사랑하는 남자. 그런 남자를 사랑하는 내가 한없이 바보 같고 불쌍하고. 그래서 떠나고 싶었어. 하지만 난 임신 중이었고, 아기한테 아빠를 빼앗을 권리가 내겐 없다고 생각했지. 그 남자는 노력했지만 나는 빈껍데기를 사랑하는 가여운 여자가 되기 싫어서 악착같이 그 남자를 외면했어. 그렇다고 사랑이 어린아이가 쏘아 돌린 비눗방울처럼 톡 하고 터지며 사라지는 게 아니니까 더 괴로웠지. 사랑하는데 너무도 사랑하는데 사랑 안 하는 척 하는 건 생살을 뜯어내는 아픔이어서 결국 백기를 들었어. 어느 날 한 마디 말없이 늦은 저녁식사를 하다가 문득 창 밖을 봤는데 주홍빛 노을이 물감처럼 번진 하늘 한 귀퉁이가 너무 서럽더라. 나도 모르게 '우리 이혼해' 했더니 그 남자가 말없이 고개를 끄덕이더라. (눈물 참는다)

강희   너도 힘들었겠지만, 윤호 오빤 정말 힘들었을 거야. 너 생각 나니? 우리 사진반 동아리 남이섬으로 엠티 갔을 때, 우리 셋이서 풀밭에 앉아 밤하늘 별보며 밤새 맥주 마셨잖아?

    소영, 고개 끄덕

강희   그때 윤호 오빠가 처음으로 자기 얘기했잖아? 일곱 살 때

아버지가 돌아가셨는데, 외할머니가 엄마한테 자꾸 시집가라고 부추겼다고. 꽃같이 젊은 나이에 아들 하나 바라보며 살 수는 없다고. 엄마는 싫다고 울면서 도리질 쳤지만, 외할머니가 참 끈질겼다고. 그래서 밤에 잘 때면 늘 엄마 옷고름을 꽉 잡고 잤다고. 엄마가 어디 갈까 봐. 그런데 어느 날 눈을 떠보니 엄마가 곁에 없고, 자기 손 안에는 가위로 잘린 옷고름만 쥐어져 있었다고. 외할머니를 이해하는데 아주 오랜 시간이 걸렸다고 했지. 외할머니는 죄책감으로 윤호 오빠를 아주 정성스럽게 키웠다고 했지.

소영, 운다.

강희　(소영의 손 잡는다) 울지 마. 소영아.

소영　그래, 그래서 외로움을 많이 탔어. 결혼하면 아기를 많이 낳고 싶다고. 자기는 재래시장처럼 북적북적거리는 게 참 좋다고. 외할머니와 단둘이 사는 동안, 집안이 늘 절간처럼 조용하고, 고적해서 너무 싫었다고. 강희야, 나 정말 미쳤나 봐. 그렇게 사랑한 남자인데, 내 목숨을 줘도 아깝지 않다고 생각한 남자인데, 말 한 마디에도 인색하고, 짧은 미소에도 인색하고, 언제나 찬바람 일으키며 집안을 돌아다녔어. 그 사람 죽고 싶었을 거야. 그래, 그래서 병이 났을 거야.

강희　소영아, 고맙게도 우리에게는 시간이 있구나. 지금이라도 늦지 않았어. 당장 윤호 오빠 만나러 가. 병실에서도 오직 너만을 기다리는 눈치였어. 나랑 이야기하는데도, 시선은 내 어깨너머 문을 바라보고 있더라. 네가 간호하면 윤호 오빠 힘이 날 거야.

소영　날 용서해 줄까?

강희　사랑에는 모든 게 들어 있어. 아무 말 안 해도 돼.

소영　(벌떡 일어난다) 하은이도 데리고 갈 거야. 지금 당장. 강희야, 너 우리 하은이가 얼마나 예쁘고 똑똑한지 모르지? 아빠 만나러 간다면 너무 좋아할 거야.

강희　(따라 일어나며) 그래. 빨리 가자. 내 차로 데려다 줄게.

소영, 나가려다 물잔과 커피잔 치우려 한다.

세라　아니에요. 내가 할 게요 그냥 가세요. 빨리요.

소영, 목례하고 급히 나간다. 강희도.
세라, 테이블 정리한다.

세라　살아 있다는 건 참 멋진 일이지요. 다시 기회를 얻을 수 있으니까요.

17

사랑은 넘칠 수 있지만 술은 넘치지 않는다

방금 목욕탕에 다녀온 차림으로 바나나 우유 하나씩 들고 빨대로 마시며
들어오는 유식과 현진

유식   저기, 미안합니다. 사장님, 잠깐 앉았다 가려구요. 자식놈이
         내일 군대 갑니다. 뭐 딱히 할 말은 없지만….

세라   (미소) 네.

현진   이런 카페가 우리 동네에 있다는 건 참 기분 좋은 일이에요.
         생각지도 않은 보너스 받는 것처럼.

유식   직장생활도 안 해 본 녀석이 보너스 받을 때, 기분은 아는
         거냐?

현진   아버지, 저 알바 많이 했어요.

유식   그래? 몰랐네.

현진 편의점 알바, 패스푸드점, 대형 갈비집 (점점 신이 나서 자랑하듯) 택배 알바도 했고, 새벽 꽃시장 배달, 공사판도 뛰어봤어요. 저, 이래 뵈도 안 해 본 게 없다니까요.

유식 (표정 어두워진다) 우리 아들 고생 많았네. 없는 집에 태어나서.

현진 (펄쩍) 아, 아니에요. 젊어서 고생은 사서도 한다잖아요. 다 좋은 경험이에요.

유식 기분 어떠냐?

현진 담담해요. 다 갔다 오는 거잖아요? 아버지 어머니 걱정이 돼서 좀….

유식 무슨 소리냐? 우리 걱정을 왜 해?

현진 그래도 멀리 떨어져 있게 되니까. 종희, 걔는 대학 들어가더니 왜 그렇게 빨빨거리고 싸돌아다니는지, 어머니 도와서 집안 일 좀 거들면 좋을 텐데.

유식 내가 거들면 돼. 지금 한창 좋을 땐데….

현진 아버지가 그렇게 감싸니까 애가 점점 제멋대로예요.

유식, 픽 웃는다.

현진 왜요?

유식 너, 종희가 남자친구 데리고 오면, 오빠노릇 단단히 하겠구나.

현진	그럼요. 하나밖에 없는 여동생 채갈지도 모르는 놈인데.
유식	너는 여자친구 없냐?
현진	헤어졌어요. 6개월쯤 만났는데.
유식	왜? 군대 가니까 싫대?
현진	키가 작아서 싫대요. 뭐 잘됐어요. 키, 돈, 집안, 이런 거 따지는 애들 별로예요. 바람만 잔뜩 들어 갖고….
유식	근데, 왜 6개월이나 만났어?
현진	(씨익 웃으며) 좀 예뻤거든요.
유식	(웃으며) 녀석, 그런 거 보면, 너, 아버지 닮았다. 나도 예쁜 여자 좋아했거든. 니 엄마 봐라. 그게 보통 인물이냐?
현진	(장난스럽게) 보통 인물인데요. 엄마라는 프리미엄 빼고 냉정하게 말하면 좀 빠지는.
유식	내가 고생을 많이 시켜서 그래. 아가씨 때는 엄청 예뻤다.
현진	아직도 엄마가 그렇게 좋으세요?
유식	그럼. 고생만 시켜서 미안하고….
현진	아버지, 제가 술 한 잔 대접할 게요. 삼겹살에다 소주 한 잔, 어때요? 아니 오늘은 화끈하게 취해 볼까요?
유식	그럴까. 모처럼 우리 아들하고 술 취해 어깨동무하고 집에 들어 가 볼까.
현진	아버진 술 별로 좋아하시지 않지요? 전, 아버지 안 닮았나 봐요.
유식	아버지도 술 많이 마셨어. 집배원 생활이 좀 고달팠거든. 몸

도 힘들었지만 마음도 힘든 날이 많았어. 좋은 소식만 전해 주고 싶은데, 그렇지 못한 경우가 많았으니까. 종종 노인들이 한글을 몰라서 내가 읽어주는 일도 있었는데, 사연이 기막혀서 내가 막 꾸며서 읽어 주고 싶을 때도 있었어. 그런 날은 술 많이 마셨지.

현진 아버지 취한 모습 본 적이 별로 없는데요.

유식 그때가 언제더라, 눈이 많이 왔으니까 12월인가, 1월인가? 그 날 술을 좀 많이 마셨어. 집에 늦게 들어가는데, 니 엄마가 사색이 돼서 널 들춰 업고 나오는 거야. 니가 팔팔 끓는 물에 엉덩이를 데었다는 거야, 너는 자지러지게 울고. 그때 네가 4살이었어. 니 엄마는 잘못하면 애 잡겠다구 펑펑 울면서 뛰었지. 눈길인데 맨발이었어. 근데 내가 할 수 있는 일이 없었어. 내가 널 업고 뛰고 싶은데, 너무 취해서 내 몸도 가누기 어려웠어. 그냥 엉엉 울면서 비틀비틀 니 엄마 뒤를 쫓아 갈 수밖에. 다행히 치료가 잘 돼서 화상 흉터도 별로 남지 않고 고생도 많이 안 했지. 니 엄마가 죽어라 하고 그 눈길을 달리지 않았으면 어떻게 됐을지 몰라.

현진 네에.

유식 그때 결심했어. 술을 마시더라도 여차 하면 자식을 들춰 업고 아니 마누라까지 포함해서 들춰 업고 뛸 수 있을 만큼만 마시자.

현진 아버지 참 힘드셨겠어요.

유식   아버지 노릇이라는 게 쉬울 수는 없지.

현진   그래서, 저 결혼 안 하려구요.

유식   그게 무슨 소리냐?

현진   요즘 제 친구들과 그런 얘기 많이 해요. 권리는 별로 없고 의무만 잔뜩 있는 결혼 그냥 패스시키고 연애만 하자.

유식   니 인생은 니가 사는 거니까, 아버지가 뭐라고 못하겠지만, 아버진, 아버지라서 참 행복했다. 지금도 행복하구.

현진   힘드시잖아요?

유식   사는 게 소풍처럼 늘 재미나고 즐거울 수는 없어. 아버지가 아니더라도 힘들고 어렵지. 그래도 나는 엄마랑 니들이 있어서 힘이 나고 웃을 일이 많고 참 좋았다. 너 기억나니?

    현진. 본다.

유식   집배원들이 가장 두려워하는 계절이 겨울이야. 남들은 함박눈, 크리스마스, 군밤, 털장갑, 스케이트, 이런 낭만적인 것들을 떠올리며 겨울을 축복의 계절이라고도 하지만 우리는 직업상 많이 힘들지. 그때 네가 초등학교 3학년 때였을 거야. 니 큰고모가 이혼을 하고 우리 집에서 같이 살 때였지. 우리 형편 때문에 겨울 내복을 입고 있는 사람은 니 큰고모뿐이었어. 바람피우는 남편한테 일방적으로 내쫓긴 니 큰고모한테만 니 엄마가 따뜻하고 폭신한 내복을 사 주었지. 마음이 시리면 몸이 더 추운 법이라고. 아, 물론 나한테도 내복을 사주려고 했지. 외진 시골길 걸어 다니면 더 춥다고. 내 담당구역이 후미진 산골도 있었거든. 근데 내가 완강하게 싫다고 했지. 어린 니들도 오리 길을 걸어서 학교 가는데, 니들 먼저 사 입힌 다음에 입을 거라구. 니 엄마도 입고 식구들 모두 내복 입은 다음에 내가 입고 싶었어. 그게 아버지고 한 집안의 가장이거든.

현진　생각나요. 그래서 매일 밤마다 종희가 기도했어요. 펑펑 내리는 눈처럼 우리 집에 내복이 내리게 해주세요.

유식　그랬어? 하하하, 근데 어느 날 니가 내 내복을 들고 왔어. 아주 고급으로.

현진, 생각난 듯 픽 웃는다.

유식　니가 도내 미술대회에서 일등하고 그 상품으로 크레파스, 스케치북, 그림물감 등 잔뜩 받았는데 그걸 가지고 내복가게 가서 아버지 내복이랑 바꿔달라고 떼를 썼지. 마음 착한 내복가게 아저씨가 대충 상황을 눈치 채고 아버지 내복을 내주었지. 내가 그 길로 내복가게를 뛰어 갔는데, 주인아저씨가 그러더라. 니가 울 아버지 춥단 말이에요. 울 아버지 꼭 내복 입고 편지 배달해야 해요. 엉엉 울면서 크레파스, 스케치북, 그림물감을 내놓더라구.

현진　(쑥스럽다) 아유, 아버지. 그런 이야기, 뭐하러 해요.

유식 니가 그거 얼마나 갖고 싶어했던 거냐? 색색깔 크레파스며 스케치북, 늘 짝꿍한테 얻어 써서 짝꿍한테 찍 소리 못한다고 했잖아. 어느 날은 나무를 파랗게 칠해서 나무가 초록색인데 왜 이렇게 칠했냐고 아버지가 나무라니까 니가 그랬잖아. 초록색 크레파스를 짝꿍이 안 빌려줘서 그랬다고. 그때 아버지 마음이 얼마나 아팠는지, 그래도 선뜻 사 줄 수가 없었지. 시골에 계신 할아버지 할머니 생활비며 약값, 거기다 니삼촌들 학비까지….

현진 아버지 짐이 너무 컸어요.

유식 현진아, 그걸 짐으로 생각하면 하루도 못 견딘단다. 그냥 내 할 일이다. 그러면 그렇게 어렵지 않아. 가족이 내게 주는 기쁨과 보람은 돈으로 환산할 수 없어. 특히 니들, 자식들. 고맙다.

현진 (당황) 아버지, 제가 고맙지요. (일어나 인사한다) 아버지, 고맙습니다.

유식, 일어난다.

유식 어디, 우리 아들, 한 번 안아보자.

유식, 현진을 끌어안는다. 가슴 뭉클하다.
들어오는 종희

종희 아빠! (하다가 두 남자 서로 끌어 안고 서 있는 것 보며 멈칫한다)

두 남자, 떨어진다.

유식   너 언제 왔어?

종희   방금. 아빠, 오빠가 군대 가서 슬퍼? 걱정 마. 오빠 잘할 거야.

현진   너나 잘해. 일찍 일찍 다니고.

종희   또 잔소리! 아빠, 엄마가 얼큰한 닭볶음탕 해 놨대. 소주도
        있고.

유식   우리 아들하고 단 둘이 한 잔하려 했는데, 안 되겠네. 가자.

종희   (현진의 어깨 툭툭 치며) 오빠, 아무 걱정 마. 아빠 엄마는 내가
        잘 돌볼 게.

현진   고맙습니다. 잘 부탁드립니다.

종희   염려 붙들어 매시와요.

현진   너 잘해!

종희   알았어.

유식   사장님, 고맙습니다.

세라   아, 아니에요. 편하게 들르세요.

모두 인사하고 나간다.

세라   아버지는 산이지요. 그런데 아버지한테는 누가 산이 되어 주
        나요?

18

삶은 탱고처럼 가능한 한 경쾌하게

들어오는 영은과 석규

석규, 앉는다. 영은, 커피 두 잔 만들어서 갖고 온다.

영은   (앉으며) 여긴 셀프야. 형은 커피, 프림, 슈가, 투, 원, 원이
　　　지?

석규   (픽, 웃으며) 넌 꼭 슈가라고 그러더라. 학교 다닐 때부터 그
　　　랬지?

영은   설탕보다 슈가가 더 달콤한 느낌이 들잖아. 근데 이 동네는
　　　웬일이야? 이렇게도 만나네.

석규   그러게, 우리 본 지 꽤 됐지? 그때 대학로에서 봤나?

영은   응, 형이 연출한 연극 보러 갔지. 제목이 레테의 연가, 맞지?

석규   그래. 니가 친구들 데리고 와서 자리 채워주지 않았으면, 너

무 썰렁했을 거야.

영은 그랬어? 연극 좋던데….

석규 내용보다는 스타 출연이나 이슈가 돼야 해. 그래서 힘들어.

영은 (고개 끄덕) 애기 많이 컸지? 그때 우연히 만났을 때 세 살이라고 했지? 막 어린이집 다닌다고 했잖아?

석규 (당황) 어? 으응. 그래 니 딸도 많이 컸지? 예쁘더라. 너 닮아서. 근데 결혼해서 애기엄마까지 됐는데, 너, 너, 하니까 좀 미안한데.

영은 나도 마찬가지야. 아직도 형, 형, 하잖아? 형, 아직도 연극 연출해?

석규 뭐 다른 거 할 줄 아는 게 있어야지.

영은 (걱정) 그거 배고프다는데. 형 실력이면 어디든 취직할 수 있는데.

석규 잘 봐줘서 고맙다. 근데 이게 좋아.

영은 하고 싶은 거 하고 사는 게 최고지.

석규 너는? 아직도 잡지사 다니니?

영은 응. 연예인들 가십거리나 쓰고 좀 쓸쓸해. 언제 내 글 쓰나?

석규 너무 조급하게 생각하지 마. 넌 좋은 글 쓸 거야. 마가렛 미첼처럼.

영은 와우! 그건 꿈만 꿔도 행복한데.

석규 마가렛 미첼은 바람과 함께 사라지다, 그거 한 편을 17년 동안 썼다고 하잖아. 길게 봐.

영은　형이랑 있으니까 의욕이 넘치면서, 내가 뭔가 해낼 거 같은 생각이 드네. 학교 다닐 때도 그랬는데.

석규　그랬어?

영은　응. 나 만날 혼났잖아? 대사 못 친다고. 선배들한테, 특히 주인공만 하는 소연 선배한테. 그때마다 형이 내 편 들어주고.

석규　너, 연기에 재능 있었어. 나중에 주인공도 했잖아? 페드라.

영은　다, 형 덕분이었어. 솔직히 나, 그 역 무서웠어. 인어공주나 신데렐라 같으면 해 보겠는데, 너무 지독하고 강렬한 사랑의 주인공이라니…. 것두, 의붓엄마와 아들이, 그때 형이 내 어깨 두드리며 할 수 있어. 넌 최고의 페드라가 될 거야, 했지.

석규　정말 대단했어. 기립박수 기억나니?

영은　그럼, 어떻게 잊을 수 있어?

석규　근데 왜 연극 그만 뒀니? 정말 좋은 배우가 될 수 있었는데.

영은　형이 없잖아.

석규　응?

영은　날 응원하고 격려해 줄 형이 내 곁에 없었어.

　잠시 침묵, 커피만 마시는 두 사람

영은　형!

석규　응?

영은 왜 갑자기 미국에 간 거야? 그 여자 때문이야? 사학과 문희 선배, 참 세상 모든 여자들 기죽이게 생겼지. 왜 그렇게 이쁜 거야? 늘씬하고….

석규 …….

영은 문희 선배하고 결혼한 거 맞지?

석규 …….

영은 연극반 동아리에 소문 다 났어. 두 사람 죽고 못 산다고.

석규 너는? 법학과 승일이 하고 캠퍼스 커플이라고 소문났던데. 니 딸 보니 승일이 많이 닮았더라. 승일이 대형 로펌에서 잘 나가는 변호사라던데. 다행이다. 네가 잘 사는 거 보니.

영은 그렇다고 아무 말 없이 문희 선배 유학간다고 따라 가? 형, 정말 밉다.

석규 너는? 우리 만나기로 한 날, 전화 한 통 없이 안 나왔지. 나, 그때 세 시간이나 기다렸어. 나중에 알고 보니 너 승일이랑 뮤지컬 보러 갔다고 하더라. 지킬 박사와 하이디.

영은 무슨 소리야? 나 승일이랑 뮤지컬 보러 간 거 생각 나. 근데, 형하고 약속이 있었어?

석규 그 날 처음으로 연출비 받았어. 의대 축제 공연 연출해 주고. 그래서 너 맛있는 거 사주려고 레스토랑 예약했어. 분위기 좋은 데서 스테이크 썰며 와인 마시고 싶다고 해서. 양복까지 빼 입고 나갔는데 승일이한테 케오패 당했지….

영은 무슨 소리야? 처음 듣는 소린데….

석규   괜히 쑥스러워서 니 가방에 메모지 넣었는데. 내가 가방 안에 뭐 있어 꼭 봐! 이런 소리도 했어.

영은   (기막힌) 나 못 봤어. 아무 것도. 그리고 승일이 걔 우리엄마 친한 친구 아들이야. 유치원 동창이구, 남자가 아니라 가족 같은 존재라고. 그래도 형은 할 말 없어. 한 마디 말없이 문희 선배 따라서 미국으로 날아 갔으니까.

석규   아주 심각했으니까, 내 도움이 절실했으니까.

영은   뭐?

석규   문희 씨 내 사촌형하고 연인 관계인데 임신을 했어. 집안의 반대가 컸어. 큰아버지가 형을 미국 지사로 발령 냈어. 형이 문희 씨를 데리고 미국으로 와 달라고 간절히 부탁했지. 그냥 모른 척 하기에는 두 사람이 너무 사랑하고, 또 그만큼 힘들었으니까.

영은   그럼, 형은 누구하고 결혼한 거야?

석규   (머뭇거리다가) 나, 결혼 안 했어.

영은   (경악) 그럼, 그애는 누구야? 형 아들이라고 했잖아?

석규   (머뭇) 조카야.

영은   근데, 왜 그런 거짓말을 했어?

석규   나도 모르겠어. 그냥 네 곁에 서 있는 아이를 보니까, 나도 모르게….

영은   (머뭇) 내 딸 아니야.

석규   뭐?

영은 큰언니 딸이야.

석규 근데 왜?

영은 나도 형 옆에 서 있는 아이를 보자마자, 나도 모르게….

석규 그럼 결혼은?

영은 안 했어.

두 사람, 말없이 커피만 마신다.

영은 형!

석규 응?

영은 그동안 우리 우연히 몇 번 봤지?

석규 응.

영은 그거 우연이라고 생각해?

석규 그럼?

영은 나, 대학로에서 새로운 연극 올릴 때마다, 연출이 누군가 살
      펴 봤어. 그 연극, 레테의 연가도 그렇게 구경 갔는데, 너무
      관객이 없더라. 그래서 친구들 데리고 간 거야. 내가 표 사
      서. 그렇게 한 거 많아.

석규 왜, 말 안했어?

영은 형 곁에는 문희 선배가 있다고 생각했으니까.

석규 나도 잡지에 실린 네 기사 하나도 빠트리지 않고 읽었어. 네
      가 이화일보에 문학의 향기 칼럼 연재할 때, 매일 아침 설렜

어. 네 글이 너 같았거든. 네 글 밑에 댓글도 달았어. 당신
글 덕분에 하루가 행복합니다.

영은   근데, 왜 나 찾아오지 않았어? 내가 어디 근무하는지 알면
서?

석규   네 곁에 잘 나가는 승일이가 있다고 생각했으니까.

두 사람, 아무 말 없이 커피만 마신다.

영은   형! 우리 이렇게 하자.

석규, 본다.

영은   앞으로도 우리 우연히 일곱 번 만나면 사귀자. 우연이 반복
되면 필연이니까. 운명이니까.

석규   그래. 근데, 오늘 우리 우연히 만났으니까 앞으로 여섯 번만
만나면 되겠다.

영은, 픽 웃는다.

영은   우리 집 이 근처인 거 알지?

석규   응.

영은   마지막 주 토요일 이 시간에, 내가 동네 책방 가서 우리 회사

잡지책 한 권씩 사는 거 알아? 혹시?

석규, 고개 끄덕

영은 그럼, 이걸 우연이라고 해야 하나? 아니라고 해야 하나?

석규 우연이야.

영은 그렇지? 내가 대학로 지나가다가 형이 연출한 연극 보러 들어 간 것처럼?

석규, 고개 끄덕, 두 사람 마주보고 환하게 웃는다.

영은 형, 그 레스토랑 아직 있나?

석규 무슨? (하다가) 아니, 모밀국수집으로 바뀌었어.

영은 그럼, 형이 나한테 바람 맞은 그 레스토랑, 아니, 그 모밀국수집에서 모밀이 한 판씩 할까나?

석규 좋지요.

두 사람, 일어나 테이블 정리하고 커피값 유리항아리에 집어넣고 나간다. 세라, 보고 있던 잡지책 덮고 일어난다. 창문 열고 심호흡, 바람이 달콤하다.

19

우리는 사랑하고 있을까?

어두운 표정으로 들어오는 세미와 현빈

세미, 말없이 앉는다.

현빈, 커피 두 잔 만들어서 갖고 와 앉는다.

세미, 대봉투 내민다.

현빈   꼭 이래야겠니?

세미, 고개 끄떡

현빈   당신한테 이혼 서류 받을 줄 몰랐어. 잠시 떨어져 있으면서
생각을 정리하고.

세미   당신 생각은 안 바껴.

현빈　당신이 나 좀 봐 주면 안 돼?

세미　내가 하고 싶은 말이야. 나 좀 봐 줘.

말없이 커피 마시는 두 사람

현빈　앞으로 어떻게 할 거야?

세미　엄마한테 이런 모습 보이기 싫어. 작은 오피스텔 얻어서 독립할 거야. 곧 승진할 거니까 월급도 오를 거구.

현빈　미안하다. 위자료도 못 주고.

세미　위자료는 내가 줘야지. 내가 이혼하자고 했으니까. 당신은 어떻게 할 거야? 나보다 돈이 더 없잖아? 우리가 살던 집 전세금 빼서 나 다 준다면서?

현빈　응. 걱정 마. 돈은 벌면 되지.

세미　어떻게? 겨우 월급 받아서 어느 세월에?

현빈　나, 중국 갈 거야.

세미　(놀란다) 뭐? 중국? 거긴 왜?

현빈　아는 형이 있는데 아, 당신도 알지? 창규 형.

세미　중국에서 불고기 집인가, 음식점 한다는?

현빈　(고개 끄덕) 나도 사업해 보려고, 아무래도 거기가 인구도 많고 넓잖아.

세미　(펄쩍) 당신이 무슨 사업을? 안 돼. 당신같이 마음 여린 사람이 무슨, 사업은 독종들이나 하는 거야.

현빈	창규 형은 나보다 더 물러.
세미	그 사람은 처갓집이 파워가 있잖아. 중국에서도 알아주는 부자라며. 그러고 보니 당신한테 미안하네. 처갓집이라고 뭐 하나 보탬도 못 되고. 무슨 때만 되면 맏사위라고 돈봉투 만들어 갖다 주고.
현빈	무슨 소리야? 장모님이 우리 정 서방, 우리 정 서방, 하시면서 해주신 음식, 그거 먹는 게 얼마나 큰 즐거움이었는데 그깟 돈 몇 푼.
세미	우리 엄마가 음식솜씬 괜찮지.
현빈	당신도 알잖아. 나 여섯 살 때 어머니 돌아가시고, 아버지가 해 주시는 밥 먹고 자랐어. 아버지도 회사일이 바쁘셔서 주로 시장에서 반찬을 사다 먹었지. 초등학교 5학년 땐가, 친구 녀석 생일파티에 초대 받아 갔는데, 거기서 먹은 반찬은 우리 집 반찬과 달라도 너무 달랐지. 특히 김구이, 참기름이 차르르 발라져 윤기 나며 바삭거리고, 입 안에 들어 왔을 때 고소한 느낌이 확 번지면서 바삭 소리가 나는데 경이롭기까지 했어. 그동안 내가 먹은 김구이는 눅눅하고 질기고 씹는 맛이 껌 같았는데. 집에 돌아오면서 어린 마음에도 울컥하더라. 엄마 손이 들어 간 반찬은 다르구나. 그런데 나는 그런 반찬을 먹을 수가 없구나…. 그 다음부터 시장에서 사온 반찬이 그렇게 미웠어. 싫었어가 아니라 미웠어. 그건 시장반찬이 아니라 내 처지였으니까. 처음으로 당신 집에 인사 드

리러 갔을 때, 장모님이 차려 준 밥상을 잊을 수가 없었어.
마치 내가 거지에서 왕자로 신분이 바뀌는 것 같았어.

세미   울 엄마 반찬 때문에 나랑 결혼한 거 아니야?

현빈   응.

세미   뭐어?

　　두 사람, 웃는다.

세미   (정색하고) 사업은 절대 안 돼. 괜히 망해서 빚만 지면 어떡
　　　　해? 당신은 차곡차곡 월급 모으는 게, 당신 스타일에 맞아.
　　　　시간이 걸리더라도.

현빈   너무 기죽인다. 아직 아무 것도 안 했는데.

세미   당신을 내가 몰라? 같이 한 시간이 얼만데 (하다가 울컥).

현빈   연애 5년 결혼 1년, 짧은 결혼생활이다.

세미   암튼, 사업은 안 돼. 그리고 중국도 가지 마.

현빈   왜?

세미   중국어도 할 줄 모르면서. 중국에 대해 아는 게 뭐 있어? 달
　　　　랑 창규 씨 한 사람? 사람을 어떻게 믿냐? 당장 나 봐. 내가
　　　　당신 뒤통수칠 줄 어떻게 알았겠어?

현빈   당신이 무슨….

세미   이혼해 달라고 바락바락 덤볐잖아.

현빈   그거야 내가 (커피 마시고) 세미야, 정말 안 되겠니?

세미   응.

현빈   내가 더 노력할 게. 일도 더 많이 하고, 친구 녀석이 출판사
        하는데 퇴근 후에 교정 알바 하기로 했어. 투 잡 아니 주말,
        휴일에 일하면 쓰리 잡까지 뛸 수 있어.

세미   당신이 무쇠야? 당신 몸은?

현빈   (애원) 제발!

세미   (애원) 자기야, 내 말 좀 들어 주면 안 돼?

        두 사람, 잠자코 커피 마신다.

세미   나, 가난이 너무 싫어. 엄마가 갈빗집 주방에서 기름 때 잔뜩
        낀 불판 닦을 때, 나 그 뒤에서 놀았어. 구정물에 손 담그고.
        우리 애를 그렇게 키우고 싶지 않아. 사랑만으로 키울 수 없
        다는 거 당신도 잘 알잖아?

현빈   우린 달라. 당신은 장모님 혼자 손에서 컸지만, 우리 아기는
        아빠 엄마가 다 있잖아? 뭐가 걱정이야? 세미야, 난 빨리
        아기를 갖고 싶어. 아빠가 되고 싶어. 아버지가 재혼하시고
        이상하게 여름에도 추웠어. 새어머니가 딱히 구박하는 것도
        아닌데. 새어머니가 하나 둘 동생들을 낳을 때마다 더 추웠
        지. 한여름에도 이불을 목까지 끌어 당겨 덮었어. 그때 내
        꿈은 빨리 독립하는 거였고, 진짜 내 가족이 있었으면 하는
        거였어.

세미   우리가 결혼하기 전에, 이런 이야기를 진지하게 했어야 했는데 사랑이면 다 된다고 생각했어.

현빈   지금도 마찬가지야. 사랑이면 다 돼. 세미야. 우리.

세미   (OL) 난 싫어. 햇빛도 제대로 안 드는 지하셋방에서 내 아기를 키우고 싶지 않아. 절대로.

현빈   그럼, 이사 가자. 햇빛 잘 드는 집으로.

세미   돈 있어? 월세로? 그럼 언제 돈 모아? 나 승진 앞두고 있어. 물론 분위기나 연차로 봐서 내가 당연히 되겠지만, 세상에 당연히는 없어. 직장은 냉혹한 생존 경쟁터야. 임신해서 배 불러 다녀봐. 시선이 곱나. 일 잘하는 우리 부서 서 대리도 임신하니까 동작이 느리다느니, 1분마다 하품을 해댄다느니, 남편이 무능한가 보다느니, 말의 홍수 속에 서 대리가 지쳐서 나가떨어지더라. 결국 사표 썼어. 여자의 적은 여자라더니 결혼 안 한 노처녀들이 더 난리였어. 어유, 생각만 해도 끔찍해!

현빈   그럼 회사 그만 둬.

세미   뭐?

현빈   내가 다 책임질 게.

세미   뭘루? 사랑으로? 우린 맞벌이해야 해. 시댁이고 친정이고 도움 받을 수 있어? 오히려 우리가 도와줘야 할 형편이잖아?

현빈   왜 그렇게 날 못 믿어?

세미   당신을 못 믿는 게 아니라, 우리의 현실을 못 믿는 거야.

현빈 그럼, 아기 안 가질 거야?

세미 몇 번씩 이야기해? 잘 모르겠다고.

현빈 우리 더 이상 젊지 않아. 낼 모레 마흔이야.

세미 무슨, 서른여섯이 어떻게 낼 모레 마흔이야?

현빈 세미야, 나 당신 없으면 안 돼.

세미 나도 그래. 하지만 살아지겠지.

현빈 내가 더 열심히 일할 게.

세미 그래서 뭐가 달라지는데? 어린 시절, 내 놀이터는 갈빗집 주
방이었어. 축축하고 어두웠지. 주인여자가 들어오면 엄마는
곁에서 나를 확 떼어 놓았어. 눈치가 보였던 거지. 내 장난감
은 접시, 냄비, 숟가락, 젓가락, 어느 날은 젓가락에 찔려서
눈을 뜰 수가 없었어. 너무 아파서 자지러지게 울었는데, 엄
마는 병원 대신 내 울음소리가 밖으로 새어 나갈까 봐, 내
입을 틀어막았어. 그런 날이면 집에 와서 엄마는 나를 끌어
안고 아주 오랫동안 울었지. 어느 날 동생이 우리 집에 왔어.
재혼한 아버지가 더 이상 키울 수 없다고 보낸 거야. 그때부
터 일 나간 엄마를 위해서 내가 동생을 돌봤어. 밖에서 아이
들이 고무줄하며 부르는 노래, 아침바다 갈매기는 금빛을 싣
고 그 소리를 들으며 나도 고무줄놀이 잘할 수 있는데 생각
했지만 나갈 수가 없었어. 그땐 동생이 혹 같았고 짐 같았어.
자기야, 나, 내 아기는 햇빛 잘 들고 바람 달콤한 풍요로운
곳에서, 뭐든지 원하는 대로 사주고, 해주고, 그렇게 키우고

싫어. 그렇지 않으면 차라리 안 낳는 게 나!

현빈 그건 잘못된 생각이라니까. 물질이 전부가 아니야. 아기들
은 부모가 사랑해 주고 최선을 다하면 행복해. 왜 그렇게 걱
정이 많아? 늘. 당신이 걱정하는 것 팔십프로, 아니 구십프
로는 일어나지도 않는 일이야.

세미 그럴지도 모르지. 자존감 없는 사람은 걱정이 많아. 늘 눈치
보며, 꿈을 포기하며, 누군가의 격려와 칭찬을 들어 본 적
없이 자라서인지 난 자존감이 없어. 자기야, 내 꿈이 뭔지
알아? 발레리나. 중학교 무용선생님이 그랬어. 세미야, 넌
목도 길고 팔다리도 길고 우아한 학 같다. 눈은 호수처럼 깊
고 맑고. 발레리나가 되면 정말 좋겠다. 어려운 턴도 제일
빨리 익히고 무용에 소질도 있어.

현빈 맞아. 나도 당신을 처음 봤을 때 백조가 생각났어.

세미 학이든 백조든 그런 건 상관 없었어. 발레슈즈가 너무 비싸
서 그 날로 꿈을 접었어. 어린 마음에도 그렇게 슬플 수가
없었어. 더 힘든 건 누구한테도 하소연할 수 없다는 거야,
엄마에게 말하면 또 나를 안고 울 테니까.

현빈, 세미의 손 잡아준다.

현빈 내가 당신 마음속에 있는 그늘을 단번에 확 걷어내기는 힘들
겠지만, 매일매일 열심히 사랑하면서 조금씩 조금씩 없애 줄

게. 세미야, 우리 다시 생각하자. 이혼은 끝이야.

세미 당신도 양보할 수 없잖아? 아기 문제. 우리 얼마나 많이 부딪히고 싸우고. 결국 여기까지 온 거잖아.

현빈 세미야, 주위를 잘 둘러 봐. 돈이 많고 넉넉한 가정에서만 아기를 낳고 키우지는 않아. 우리 집 앞 공원 놀이터에 가 봐. 유모차에 아기 태우고 나온 젊은 엄마들 많아. 그 엄마들 다 부자 아니야. 그런데도 아기를 바라보며 미소 짓는 그 모습이 얼마나 행복해 보이는 줄 아니? 그 미소에 이름을 붙이자면 세상 부러울 게 없노라, 그거야. 또 엄마를 바라보는 아기는 방긋방긋 웃으며 온 몸으로 기쁨을 표시하고. 그래, 당신 말대로 돈 걱정 없으면 좀 더 좋은 환경에서 아기를 키울 수 있을 거야. 그런데 그게 다가 아니야. 무엇보다 아빠 엄마가 얼마나 좋은 사람이며, 얼마나 성실하게 살며, 얼마나 사랑하는가. 그게 아기를 키우는데 가장 중요한 조건이야, 돈보다. 하지만 나, 돈 무시하지 않을 거야. 열심히 최선을 다 해 벌 거야. 물론 정직하게 내 능력 안에서, 그 이상 하려고 하면, 나쁜 사람 될지도 모르니까.

세미 (깊은 한숨) 가만? 법원 갈 시간이다. 약속시간 다 됐어.

현빈 누가 그러더라. 가정법원 판사님들은 시간 약속 잘 안 지킨다고. 분명 좀 늦게 들어 오실 거야.

세미 나도 그런 말 들은 것 같아. 그럼 좀 있다가 갈까?

현빈 응.

두 사람, 커피 마신다.

세미   근데 누가 그랬어? 가정법원 판사님들, 시간 약속 잘 안 지
        킨다고?

현빈   으응, 그게… 당신은 어디서 들었어?

세미   으응, 그게…그냥… 바람결?

현빈   우리 내일, 아니 다른 날 갈까? (창밖 보며) 오늘 날씨가 너무
        좋은데. 이런 날은 자전거 타면 딱이다. 북한강변 따라.

세미   나도 그 생각했어. 월차까지 냈는데 알차게 보내야지. 근데
        중국은 가지 마, 절대로!

현빈   왜?

세미   너무 멀어.

현빈   (픽 웃는다) 나가자.

세미   응.

두 사람, 일어서는데, 세미 갑자기 헛구역질을 심하게 하기 시작.

현빈   (놀란다) 아니, 왜 그래?

현빈, 등 두드려 준다.

현빈   체한 거야?

세미   모르겠어. 먹은 것도 별로 없는데 (하다가 스스로 놀라서 몸
      벌떡 일으킨다)
현빈   약 사올 게. 아니, 병원 가자.

  세미, 얼굴 감싸고 뛰어 나간다.

현빈   세미야, 세미야! (따라 나간다)

  세라, 테이블 정리하다가 잠시 멈추고 창밖 본다.

세라   날씨, 참 예쁘다.

20

연애의 시작

들어오는 주미와 병헌

주미   커피 하시지요?

병헌   네, 아, 제가.

주미   앉아 계세요, 제가 준비할 게요.

병헌   감사합니다.

병헌, 자리에 앉는다. 주미, 커피 두 잔 들고 와, 마주 앉는다.

주미   어떻게, 요즘 차도가 있으세요?

병헌   그렇지요, 뭐. 더 나빠지지 않는 걸 위안으로 삼고 있습니다.
        바깥분은요?

주미　저도 그래요.

병헌　참, 병원을 나가신다는 소리를 들었는데, 정말입니까?

주미　네.

병헌　아니, 왜요? 집에서 간호하기는 벅차실 텐데. 치매초기긴 하지만 스물네 시간 같이 있어야 하고, 또 진행도 될 텐데요. 여기 요양병원처럼 시설 좋은 곳도 드물어요.

주미　그게… (하는데)

준호가 앉아 있는 휠체어 밀고 들어오는 숙향

숙향, 정성스러운 동작으로 준호를 부축해서 의자에 앉힌다.

숙향　(다정하게) 커피?

준호　물.

숙향　그럼 나도 물.

숙향, 물 두 잔 준비해서 마주 앉는다.

숙향　아유, 고새 땀은.

숙향, 손수건 꺼내 준호의 얼굴 닦아준다. 준호, 행복한 미소

그 모습 아무 말없이 바라보는 주미와 병헌

숙향   뒷동산에 봄나물이 많아요. 이따 나물 캐러 가요.

준호   응. 당신 힘들어. 내가 업고 갈까?

숙향   아이, 좋아. 달래 냉이 많이 캐서 바글바글 된장찌개도 끓이
       고, 조물조물 무치기도 하고.

준호   (입맛 다시며) 굴비도 한 마리.

숙향   아, 맞다 굴비. 노릇노릇 구워야지.

준호   (입 벌리며) 아!

숙향   아유, 애들도 아니고 알았어요, 알았어. 내가 먹여 줄게요.
       굴비 가시 다 발라서.

준호   당신도 많이 먹어.

숙향   알았어요. 바다도 보러 가요. 당신은 만날 바다 보지요?

준호   나도 잘 못 봐. 바다.

숙향   아이, 거짓말.

준호   알았어. 바다 보러 가.

숙향   바다 냄새는 어때요?

준호   당신 냄새 같아. 좋아

숙향   (부끄러운) 몰라요.

준호   당신, 참 이뻐.

숙향   당신이 나 이쁘다고 하니까 기분이 너무 좋아요. 몸이 공중
       에 붕 떠 있는 것 같고, 이따 안마 해줄 게요. 머리도 빗겨주
       고.

준호   안 해도 돼. 당신 힘들어.

숙향 (투정) 아니야, 할 거야. 다 할 거야. 발도 씻겨 주고, 손톱도
    깎아 주고.
준호 정말?
숙향 응.
준호 참, 좋다.

　　두 사람, 마주보고 웃는다. 행복하다.
　　허겁지겁 뛰어 들어오는 용자

용자 아유, 한참 찾았잖아요.

　　저 쪽에 앉아 있는 주미와 병헌, 발견하고 안심이 되는 표정으로 목례하
　　는 용자.

용자 들어가세요. 아니, 여기까지 어떻게 휠체어를 밀고 오셨대?
숙향 주사 맞기 싫어.
용자 오늘은 주사 없어요.
숙향 약도 싫어.
준호 약은 먹어야지. 그래야 기침도 안하고 아프지도 않고.
숙향 (순순히) 알았어요.
준호 어유, 착해라. (주머니에서 꽃 한 송이 꺼낸다. 주머니 안에 들어
    있어서 꽃잎도 떨어지고 엉망이다. 꽃 내민다) 자!

숙향   (박수치며 좋아한다) 와! 너무 예쁘다.

준호   이쁜 꽃 많이 꺾어다 줄게.

숙향   (어리광) 응, 나 꽃 좋아.

용자   자, 이제 그만 들어가세요.

용자, 준호를 휠체어에 앉히고 밀고 나간다. 그 뒤를 따라가는 숙향, 꽃 흔들며 행복하다.

주미, 숙향과 준호 테이블 위에 놓인 물 컵 두 잔 재빨리 치우고 테이블 정리한다.

잡지책 뒤적이던 세라, 일어나며 '그만 두세요' 하려다가 다시 앉는다.

주미   감사합니다. 송 선생님 부인 덕분에 남편이 아주 행복해 보여요.

병헌   감사 인사는 제가 해야지요. 이 여사님 남편분 덕분에 제 아내가 행복합니다. 그동안 아내의 저런 모습을 본 적이 없습니다. 제가 마도로스라 늘 집을 비웠지요. 젊은 날 저는 겉멋이 많이 들었어요. 자유와 열정과 낭만으로 포장했지만, 무책임과 이기심과 방종이었을 뿐이지요. 아내 혼자 늙으신 부모님 수발들고 애들 키우고 저는 가끔씩 손님처럼 드나들었어요. 낯선 항구에 정착할 때마다 새로운 여자를 만들고, 아내란 존재는 그저 집이나 지키는, 아, 정말 부끄럽고 참담한 심정입니다. 그래도 착한 아내는 불평 한 마디 없었지요. 몇

달 만에 집에 들어 간 저를 보고 박꽃같이 웃으며 '왔어요?' 하고 정갈한 반찬들로 가득한 밥상을 차려 내오는 게 전부였어요. 하지만 전 그 밥상을 좋아하지 않았어요. 이미 전 자극적이고 진한 맛에 길들여져 그건 너무 싱거웠거든요. 마치 제 인생처럼. 아내는 무척 외롭고 힘들었을 겁니다. 그래서 치매가 온 거 같아요. 아내는 지금 스물두 살 새댁이고, 이 여사님 남편 분은 스물여섯 새신랑이구요. 매일 밥상 차리는 이야기를 하는 걸 보면, 제가 정성을 다해 차려 내 온 밥상을 인상 쓰며 팍 밀어낸 게 큰 상처가 된 모양입니다. 다행히 지금 새신랑은 밥상을 고마워하는군요. 아내만 생각하면 가슴이 아파서 견딜 수가 없어요.

주미 저도 할 말이 없는 아내입니다. 돈 벌러 다닌다고 유세를 떨며 집안일에 소홀했지요. 남편한테 밥 한 끼 차려 주는 데도 인색했고, 자식들도 살뜰히 거두지 못했어요. 그저 돈, 돈, 저는 평생 무언가를 마련하기 위해 뛰는 여자였어요. 아파트를, 자동차를, 예금통장을, 부질없는 것에 마음을 두고 거기에만 시간과 정성을 쏟았어요. 어느 날 정신을 차려 보니, 남편은 늙고 병들고 애들은 절 원망하면서 제 곁을 떠났어요.

병헌 너무 자책하지 마세요. 다 그렇게 살아요. 후회하고 아파하고.

주미 그만 일어나야겠어요. 남편이 그나마 저를 친절한 간병인으로 알고 있으니 다행이에요. 운동시킬 시간이에요.

병헌   잠깐만요. (조심스럽게) 왜 퇴원을 하려는지 알고 싶습니다. 솔직히 제 아내의 행복을 깨고 싶지 않습니다.

주미   실은, 큰아이가 사업에 실패해서 제가 좀 도와줬어요. 어미 노릇도 못했는데….

병헌   그럼 병원비 때문입니까?

주미, 고개 끄덕

병헌   제 예상이 맞았군요. 혹시 하는 마음이 있었습니다.

주미   네에.

병헌   (주저하다가) 저어, 굉장히 조심스러운 제안인데.

주미, 바라본다.

병헌   제가 남편분 병원비를 책임지면 안 되겠습니까?

주미   (놀란다) 네? 아, 아니에요. 한두 푼도 아니고, 신세질 수 없어요.

병헌   신세는 제가 지는 겁니다. 제 아내는, 이 여사님 남편분이 병원을 떠나는 순간 살아가는 힘을 잃을 겁니다.

주미   그건 제 남편도 마찬가지예요. 지금 남편은 평생 남편이 그토록 바라는 대로 아내의 정성스러운 보살핌을 받고 있는데,

그래서 저도 이런 결정을 내리기까지 너무 힘들었어요.

병헌 이 여사님, 우리 아무 것도 생각하지 맙시다. 그냥, 저 두 사람 행복하게 내둡시다. 지금처럼. 간곡하게 부탁드립니다.

주미 그래도.

병헌 제가 아내한테 너무 많은 빚을 졌습니다. 조금이라도 아주 조금이라도, 갚고 죽게 해주십시오. 부탁드립니다.

주미 (주저하다가) 알겠어요. 그 대신, 제가 시간 될 때마다 부인을 돌봐 드릴 게요. 간병인이라고 생각하세요.

병헌 아니, 그렇게까지 안하셔도 (하다가) 네, 좋습니다. 감사합니다. 정말 감사합니다.

주미 (눈물 참으며) 아니, 제가 감사하지요, 감사합니다.

병헌과 주미, 서로에게 감사하다며 연신 고개를 숙인다. 그 모습 잠시 바라보는 세라, 눈물이 핑 돈다.

주미 (일어나며) 운동시간 됐어요.

병헌 저도 약 먹었나 체크해 봐야겠어요. 요즘 아내가 깜빡할 때가 있거든요. 절 의사선생님이라고 불러요.

주미 전 간병인이라고 하는데, 저보다 낫네요.

병헌 그런가요? 하하하.

병헌, 나간다.

주미, 테이블 정리하고 커피값 넣고 나가려는데

세라, 다가와서 초콜릿 상자 내민다.

주미 아유, 번번이.

세라 단 게 땡기는 날이 있어요.

주미 그럼요. 병원에선 더 그래요. 병원 근처에 이렇게 드나들 수
     있는 곳이 있다는 것만으로도 숨통이 트이는데, 고마워요.
     사장님.

세라 편하게 들르세요 언제든지.

주미 네.

주미, 초콜릿 상자 들고 나간다.

세라, 주머니에서 초콜릿 하나 꺼내, 은박지 종이 까서 먹는다.

인생이 이런 초콜릿 맛 같을 수는 없는 건가?

21

유리구두가 있어도 공주가 못되는 이유

들어오는 선우, 은애, 홍자, 재숙

선우   (속삭이듯) 여기, 셀프야.

모두 세라 본다.
세라, 무심한 듯 책 보고 있다.

은애   니 말대로 새침, 우아, 근데 고양이상이야.
선우   (나무라듯) 들어.
재숙   난 그냥 물 마실래. 요즘 커피 마시면 잠 안 와.
홍자   아이구, 너 무슨 재미로 사니? 술 못 마시는 남자나 커피 못
　　　 마시는 여자나, 세상 너무 닝닝하겠다.

재숙   대신, 나 돈 세는 재미로 산다. 돈 잘 버는 우리 남편이 포대
        자루로 갖다 주는 돈!

홍자   이그, 우리 잘난 재숙 씨, 돈 세다 힘들면 나 불러. 내가 세
        줄게. 침 탁탁 묻혀가며.

재숙   어유, 그런 거 한번 해 보고 죽을 수 있을까?

은애   은행에 취직하면 되겠네. 좋아하는 돈 실컷 만지고.

그 사이 선우, 커피 준비한다.

선우   자, 자, 각자 자기 커피 들고 자리로 가자.

은애   (물컵 내밀며) 넌 물.

재숙   (받으며) 땡큐.

모두 앉는다.

선우   아, 정말 꿈만 같다. 드디어 우리가 해외여행을 가다니 유럽
        으로.

재숙   뭐? 유럽으로 정했니?

선우   아, 로마, 파리, 런던, 꿈의 도시지. 나 챙 넓은 모자 하나
        사야겠어, 오드리 햅번처럼 모자에 선글라스 그리고 굽 높은
        하이힐.

은애   이그, 그건 허리 잘룩하고, 키 크고, 얼굴 조막만한 여자한테

어울리지.

선우 안 어울려도 상관없어. 내가 좋으면 하는 거지.

재숙 오케이, 바로 그거야. 우리는 자유를 위해서 여행 가는 거야. 남의 눈 의식할 거 없어.

홍자 근데 서유럽으로 가는 거야? 우리?

은애 아직 구체적인 계획은 없어. 오늘 그거 의논하기 위해서 만난 거잖아? 난 남프랑스가 좋아. 칸느, 니스, 아를, 아비뇽, 생뽈드방스, 액상프로방스, 막세유우… 이름만으로도 가슴이 설레지 않니? 작은 산을 뒤덮은 보라색 라벤더. 으으 그 향기에 파묻혀 죽고 싶다.

선우 남프랑스는 돈이 많이 들어. 대중적이지 않아서. 그동안 우리가 여행을 위해서 매달 적금 든 돈으로는 부족해. 딱 서유럽 7박 8일, 것두, 아주 저렴한 패키지.

홍자 그동안 적금만 붓지 말고 매달 로또 살 걸 그랬다.

선우 암튼, 난 서유럽.

은애 난 남프랑스. 붉은 체리 물이 입가에 물들 정도로 실컷 체리도 먹고, 글쎄 체리를 작은 꽃삽으로 떠서 판댄다. 우리 돈 오천 원이면 한 아름 안고 올 수 있대. 아, '체리로 물들다' 너무 낭만적이지 않니?

홍자 난 캐나다가 좋은데, 나이아가라 폭포도 보고, 내가 좋아하는 아이스와인 공장에 가서 실컷 와인도 마셔보고, 또 서너 병 사오고.

은애 아이스와인 사러 캐나다까지 가? 왕복 비행기 값이면 일 년 은 마시겠다.

홍자 거긴 공장이라 싸잖아? 특히 나이아가라 폭포, 가슴이 뻥 뚫 릴 것 같지 않니?

선우 너, 뭐 속 타는 일 있니?

홍자 속이야 만날 타지. 시어머니, 시누이, 남편, 아들, 딸, 아주 순번제로 돌아가면서.

재숙 난 그냥 부담 없이 일본, 우리의 첫 여행이니까. 단순하게 온천과 꽃놀이. 맛난 것도 먹고.

은애 애, 좀 봐. 그건 어르신 여행이야. 매력 없이.

재숙 그럼 매력 있는 여행은 뭐니? 새벽부터 일어나, 이 나라 저 나라 점찍고 진 빼며 뭘 봤는지도 모르는 여행?

홍자 아무렴 어떠니? 여행 간다니까 좋아 죽겠다. 우리 학교 다닐 때 약속한 게, 이렇게 현실로 다가오다니 정말 꿈만 같다.

선우 공부하기 싫을 때마다 우리 넷이 머리 맞대고 여행 계획 세 웠지.

은애 덕분에 학교생활 스트레스도 덜 받고, 암튼 좋다. 일단 어디 가냐는 더 이야기해 보고, 언제 갈 건가 얘기해 보자.

홍자 애들 방학은 피하고, 너무 복잡해.

은애 동감!

선우 더운 여름, 추운 겨울도 패스. 5월은 어때?

재숙 5월은 안 돼. 제사 여덟 번 모셔야 돼.

은애 종갓집 맏며느리 대단하다. 무슨 한 달에 여덟 번이니?

선우 그럼 살짝 덥겠지만 6월은?

홍자 미안, 내가 안 돼.

선우 왜?

홍자 우리 막내아가씨 해산달이야.

재숙 그게 너하고 무슨 상관이 있어? 가만, 너 혹시 베이비시터 해주기로 했니?

　　홍자, 고개 끄덕

은애 싫다고 해. 무슨 그런 일을. 시어머니 계시잖아?

홍자 (난처하다) 그게, 그러니까.

선우 너, 돈 받았구나.

홍자 응. 아무래도 남보다 나을 거 아니니?

재숙 아유, 징하다. 너 그렇게 돈 모아서 뭐하려구?

홍자 죽을 때 가져 가려구.

재숙 아유, 말이나 못하면.

선우 그럼, 9월로 건너뛰어야겠다. 7, 8월은 여름방학이고, 날씨도 무덥고.

은애 9월은 내가 안 돼. 시어머니 무릎 수술하시기로 했어. 우리 집에 와 계실 거야.

선우 10월은 내가 안 되는데.

홍자 왜?

선우 우리 큰애 레벨 테스트 있어.

재숙 한 달 내내 받는 건 아니잖니?

선우 그거야 그렇지만 철저하게 준비해 둬야지. 특목고 가려면 정신 바짝 차려야 해. 엄마가 더.

은애 그럼 11월에 갈까? 아유, 화사한 계절 다 두고. 11월은 스산하고 쓸쓸한데. 하늘도 잿빛이잖아?

선우 하는 수 없지.

재숙 정말 미안한데.

은애 또 제사니?

　　재숙, 고개 끄덕

선우 허긴, 11월은 김장도 해야 하고 월동준비 해야지. 12월은 겨울방학이고 1월은 새해고, 2월은 봄방학이고, 3월은 신학기라 애들 적응하게 도와줘야 하고, 4월은….

은애 우리 시동생 장가 가고.

홍자 우리 시아버님 칠순 잔치.

선우 아유, 그럼 올해도 또 못 가네. 작년처럼 숫자 세다가 끝나는구나.

은애 담에 가지 뭐. 돈 더 모이면 럭셔리하게 가자.

재숙 언제? 강아지가 야옹야옹 짖을 때? 앞뜰 맨드라미가 전봇대

보다 더 커질 때?

선우   그럼 어떡하니? 서로 시간이 안 맞는데.

재숙   그럼, 가까운 곳이라도 가자.

홍자   제주도?

은애   거긴, 남편하고 지난주에 다녀왔어.

선우   됐고, 무조건 내일 청량리로 9시까지 와.

재숙   왜?

선우   경강선 타고 강릉 가자. 당일치기 오케이.

홍자   내일은 안 되~ (하는데)

은애, 홍자의 입 틀어막는다.

은애   무조건이다. 내일 안 나타나면, 친구 안 한다.

재숙   (서두른다) 그만 가자. 밑반찬이라도 만들어 놔야 하니까.

테이블 정리하고 커피 값 계산하고 우르르 나가는 여자 넷.

빗방울 떨어진다.

세라   어머, 비 오네. 일기예보에 비 온다는 소리 없었는데…

빗소리 참 좋다.

세라, 음악 튼다…. Rain drops keep falling on my head

세라, 음악에 맞춰 춤추듯 왔다 갔다 하다가, 비어 있는 꽃병 발견한다.
휴대폰 꺼낸다.

세라   (통화) 안녕하세요? 프리지아하고 안개꽃 있어요? 아니,
       많이 필요하지는 않고. 네. 지금 갈 게요. (웃으며) 제가
       일관성 있다고요? 다른 건 안 그런데, 꽃에 관해서는 그
       런 편이지요. 네. 그냥 좋아요. 프리지아하고 안개꽃이.
       갈 게요.

세라, 휴대폰 다시 주머니에 넣고 나가려고 몸 돌리는데, 문 앞에 서 있는
그 남자.
노란 프리지아와 안개꽃 한 다발 들고.

세라   (놀란다) 당신… (말을 잇지 못한다.)
그 남자 내가 너무 늦게 온 건 아니지?

그 남자, 세라에게 프리지아와 안개꽃다발 내미는데…
암전
음악 점점 커지면서.

                                        —끝—